KB066846

여행 시절

여행시절

김 강

도재경

문서정

박지음

이경란

이수경

아시아 테마소설

아시아

기획의 말

우리가 이 책에 관해 이야기를 나눈 것은 지난 시월이었다. 몇몇 작가가 모여 한국문화예술위원회에서 후원하는 작가 스테이지 녹화를 마치고 난 후였다. 우리는 첫 소설집을 출간한 작가들이었다. 의욕이 넘쳐 뭐든 할 수 있을 것 같아 들뜨고 기대에 차 있었지만, 사회적 거리 두기와 언택트 시대였다.

나는 찰스 디킨스의 『두 도시 이야기』 속 명문이 떠올랐다.

최고의 시절이자 최악의 시절

지금은 예술가에게 혹독한 시대이다. 무대를 잃은 가수와 연극배

우들. 전시장을 잃은 화가. 영화를 만들지 못하는 감독과 영화배우들. 언제나 배고팠지만, 더 배고픈 소설가들.

소설가에게 이 시대는 최고의 시절일까, 최악의 시절일까.

이백 년 전이 프랑스혁명으로 기록된 것처럼, 이 시대는 이백 년 후에도 코로나 시대로 기록될 것이다. 나는 소설가로서 이 시대를 우리에게만은 최고의 시대로 만들고 싶었다.

그날 모인 우리는 뜨거운 국물을 나눠 먹고 차를 마시며 의견을 나눴다. 작가 중 한 명이 아시아에 대한 테마면 어떻겠냐는 의견을 내놓았다. 우리는 모두 고개를 끄덕였다.

우리는 아시아인이다.

오월의 풀처럼 청초하지만 생명력이 강한 아시아인. 나라마다 조금씩 다른 얼굴을 하고 있지만 우린 모두 아시아인이다. 풀꽃처럼 작고 청초한 아시아인. 스스로의 힘으로 각자의 문화를 만들어온 아시아인. 전염병 이후 서양인들은 아시아인의 아름다움을 잊은 것 같다.

우리는 이 소설집에서 그들이 보고 싶은 아시아의 아름다움을 담지 않았다. 아시아인이 겪는 현실과 역사적 상처를 담고자 했다. 여섯 작가가 모여 책 한 권이 만들어지는 과정은 경이로웠다. 더욱이 한 가지 주제를 가지고 소설을 쓸 때는 혼자가 아니라는 안도감을 주었다. 소설가는 배우처럼 천 가지 인생을 살고, 가장 깊은 해저부터 우주의 다른 행성까지 상상으로 갈 수 있는 사람이다. 여섯 작가가 아시아의 어느 나라 어느 지역에 서서 말하느냐는 그들의 선택이었다.

이 책에 소개된 나라는 대만, 몽골, 베트남, 인도네시아, 일본, 중국이다.

여섯 작가는 대만에서 유학 왔던 대학시절 동기와 청춘시절로 돌아가기도 하고, 몽골의 다르하드 초원에 가고 싶어 했던 죽은 아내를 그리워하기도 한다. 때론 베트남 하노이의 기요틴을 보며 자신이 딸을 위해 했던 일이 옳았던가를 가늠한다. 도쿄의 무사시노 사카 연구소에서 겪는 차별에 관한 이야기를 들려주기도 하고, 중국의 거리를 가족과 함께 헤맨다. 인도네시아 롬복의 바다에서는 남편의 손을 놓을까, 잡을까 고심하는 여자로 등장한다. 단순히 그 나라의 경치나 도시를 묘사하는 것이 아니라, 작가가 말하고자 했던 주제로 보여주었다.

작가들은 이미 그 나라에 가 있다. 이 책의 소설 속에서. 이 책을 읽을 독자와 함께.

독자를 아주 멀리멀리 원하고 상상했던 나라로 데려갈 것이다.

여섯 작가의 시도가 이 시대에 부디 의미 있길.

아시아는 나라마다 넘치도록 아름답고, 아시아인은 글에 다 담을 수 없이 현명함을 스스로 잊지 않길. 세상 어디에 있어도 아시아인이 존중받길.

아시아 각 나라의 문학을 번역 출판해온 도서출판 아시아에서 이 기획을 책으로 묶어주었다. 감사하고 감사하다.

2021년 8월

박지음

추천의 말

아시아를 소재로 한 소설집 제목을 『여행시절』로 뽑은 건 탁월한 선택이다. 코로나 때문에 나라 밖으론 한 발짝도 못 떼게 되니, 이제야 우리는 안다. 그 시절 우리가 얼마나 헤픈 여행자였는지를.

여섯 명 작가들의 분투가 아름답다. 그들은 아시아의 도처를 그저 익숙한 관습의 발길 아래 놔두지 않는다. 가령 도쿄의 미생물 실험실은 주류/비주류의 관계가 모호해 외려 새로운 연대가 가능한 장소로 등장하고, 동남아의 아름다운 두 해변은 우리 삶의 불편한 진실을 외면하지 말라는 은유로 동원된다. 춘천과 다르하드는 깊은 상처를 안고 살아가는 이들이 늘 꿈꾸는 '없는 세상'이다. 육가공 공장의 노동자 가족이 포상휴가를 받아 찾아간 중국은 실은 잘 이별하는 일을 위해서만 회상의 가치를 지닐 뿐이다. 그럼 타이완에서 유학 온 거구의 럭비 선수는? 그는 그해 6월의 백양로에서 기어이 목격자가 된다.

그렇다, 관습이 아니라면, '여행시절'에 우리가 만났던 아시아는 무엇이었을까. 혹시 지난 시절 누구나 지녔던 서툰 충동과, 대상조차 모호하던 어떤 욕망은 아니었을까. 기숙사 문이 닫히기 전 헐레벌떡 내달려서 기껏 사온 이미테이션처럼 말이다. 해도, 아무도 그걸 부정하거나 외면할 근거는 없겠다. 스스로 말을 수정하노니,

"오, 헤픈 여행인들 얼마나 귀했던고!"

김남일(소설가)

차례

기획의 말

4

추천의 말

8

김강

나비를 보았나요

13

도재경

춘천 사람은 파인애플을 좋아해

49

문서정

우리들의 두 번째 롬복

91

박지음

기요틴의 노래

129

이경란

여행시절 旅行時節

163

이수경

어떻게 지냈니

197

나비를
보았나요

김강

2017년 심훈문학상을 수상하며 작품 활동
을 시작했다. 소설집 『우리 언젠가 화성에
가겠지만』 『소비노동조합』이 있다.

1

그녀의 귀 끝은 뾰족했다. 고양이의 그것과 비슷했다.

고양이를 부를 때 나비야, 하는 이유를 아세요? 언젠가 들은 이야기가 생각났다. 고양이의 두 귀를 떼어내 붙였다고 상상해보세요. 나비 같지 않나요? 어느 화가의 개인전 개막 행사 사회자의 멘트였다.

"나비를 닮았어요. 지원 선생님은."

칸다 성당 뒤쪽 벤치였다. 캔맥주를 따 그녀 앞에 놓으며 말했다. 그녀는 핸드폰을 들여다보다 고개를 들었다. 나는 씩 웃으며 편의점에서 사온 명태포 포장을 뜯었다. 싸고 맛있다며 그녀가 추천한 안주였다. 무슨 말이에요? 어디가 닮았는데요? 그녀는 묻지 않았다. 고개를 잠깐 갸웃거리다 다시 핸드폰으로 눈을 돌렸다. 그뿐이었다.

"찾았다."

그녀의 핸드폰에서 노랫소리가 들렸다. '봄이 오면'이었다.

"유이토가 이 노래를 좋아해요. 한국말도 모르면서. 멜로디가 좋대요."

"유이토?"

"제 남자친구요. 지난번 오셨을 때 보셨잖아요. 저기 오네요. 유이토 군. 여기야 여기. 일루와. 제가 유이토를 이리로 불렀어요. 괜찮으시죠?"

"다시 사귀는 건가 보네요."

"네, 그렇게 되었어요."

지난 연수 이후 1년이 지나 다시 찾은 도쿄였다. 지난 연수 기간 동안 익힌 술기들을 한국에서 시연을 했고 반응이 좋았다. 덕분에 두 번째 연수의 기회가 주어졌다. 이번에는 지난번 연수를 했던 곳이 아닌 다른 곳에서 연수를 할 예정이었다. 도쿄 근교의 무사시노 사카이라는 지역이었다. 나는 전화로 그녀에게 사전답사에 동행해줄 수 있는지 물었다. 그녀는 흔쾌히 그러겠노라 대답했다. 어제 도쿄에 도착했고 오늘 그녀와 함께 무사시노 사카이에 다녀왔다.

"무사시노 사카이에는 지브리 스튜디오가 있어요."

가는 길 그리고 오는 길에 그녀는 같은 말을 반복했다.

"사전에 예약을 해야 방문할 수 있어요. 정식으로 연수를 오시게 되면 꼭 같이 가요."

그녀가 말했고 나는 그러겠다고 했다.

유이토가 그녀의 옆에 앉았다. 나는 일본말로 인사를 했고 유이토는 내 일본어가 조금 는 것 같다며 놀라워했다. 겨우 인사말이었는데.

유이토에게 물었다.

"지원 선생님과 다시 사귄다고요?"

"그렇게 되었습니다. 두 달 되었습니다. 제가 전에 말씀드렸지요. 우리 서로 사랑한다고."

"정말 잘 되었네요. 다시 사귀게 된 계기가 뭔데요? 하긴, 헤어진 이유도 모르지만."

유이토가 그녀를 보았다. 그녀는 유이토와 눈을 맞추다 손을 들어 유이토의 뺨을 쓰다듬었다.

"우리 할아버지 덕분에요. 할아버지 덕분에 헤어지고 할아버지 덕분에 다시 사귀게 되었어요. 어쩌면 결혼까지 할지도 모르겠어요."

2

나는 그녀를 지난 연수 때 만났다.

"한국에서 오셨죠?"

연수 첫날 점심시간 직원 식당에서 식권 자판기의 메뉴를 들여다
보던 중이었다. 영어는 한 글자도 없었다. 그림으로 어림하며 메뉴를
고르던 내게 그녀가 말을 걸어왔다.

"지금 보고 계신 것이 제일 무난할 거예요. 카레와 샐러드인데 가
격도 좋고 무엇보다 한국인 입맛에 맞아요."

그녀와 나는 테이블을 사이에 두고 마주 앉았다.

"들었어요. 한국에서 선생님 한 분이 연수 오실 거라고."

실험실에서 근무한 지 2년째라고 했다.

"웬만한 사람들 얼굴은 다 알거든요. 그러니 모르는 얼굴은 당연히
그분 아니겠어요? 그리고 선생님이 입고 계신 반팔 티셔츠 그 상표,
일본 사람들은 안 입어요. 여기 없어요. 한국에만 있지."

말의 속도가 조금 빨랐지만 일본어와 어울렸다. 점심을 먹는 내내
그녀는 말을 했다. 좋았다. 익숙한 언어가 좋았고 그녀의 말에 묻어
있는 선의가 좋았다.

"일본말 할 줄 아세요?"

그녀가 물었고 나는 고개를 저었다.

"괜찮아요. 여기서 오래 살 것도 아닌데. 저녁에는 뭐 하실 거예요? 저는 다섯 시면 끝나는데."

예정된 연수 일정은 오전뿐이었다.

"그러면 다섯 시 반에 실험동 1층 자판기 앞에서 봐요. 연수 첫날인데 기념해야죠. 지금 이 건물이 실험동이에요. 1층 로비에 자판기가 있어요. 거기서 봐요."

그녀가 나보다 먼저 와 기다리고 있었다. 그녀는 한 발 앞서 걸으며 말을 했고 나는 그녀의 말을 놓치지 않기 위해 가까이 붙어서 걸었다. 그녀의 머리칼에서 데이지 향이 났다. 실험동 현관을 나서자 내 숙소를 물었다.

"YWCA 회관입니다."

"아, 거기. 나 거기 어딘지 알아요. 그러면 출근할 때 어디로 오셨어요?"

그녀와 나는 내가 출근했던 길을 되짚어 걸었다. 숙소 앞에 도착해 주위를 둘러보고는 가장 먼 길을 돌아 출근한 것이라며 소리 내 웃었다. 나는 머쓱했지만 기분 나쁘지는 않았다. 그녀의 표정은 밝았고 웃음소리는 맑았다.

"그래도 가능한 모든 출근길 중에서 가장 조용하고 제일 예쁜 길이에요. 늦게 출근했다고 선생님을 나무랄 사람은 없을 테니 천천히 출근하시면 되겠네요. 이 길은 그늘도 많으니 여름에는 더 좋아요. 멀어서 그렇지."

한국 식당에 갔다.

"이 근처의 한국 식당 중 가장 한국적인 맛을 내는 곳이에요."

길다 하면 긴 90일간의 연수 기간 중 분명히 한국 음식을 먹고 싶은 날이 있을 것이라 했다. 자기는 그럴 때마다 이곳에 온다고. 메뉴판에 나온 그림 그대로 음식이 나오는 식당을 한국에서 본 적이 있냐고, 여기 일본은 모두 그렇다 말했다. 그녀는 증거를 보여주겠다며 애호박전을 주문했고 나는 잠시 후 나온 호박전을 보고 손뼉을 치며 웃었다. 메뉴판 그림 그대로 일곱 개의 애호박전이 나왔고 호박전 위에 얹힌 빨간 고추 두 조각까지 똑같았다. 그녀는 순두부찌개를 나는 김치찌개를 추가로 시켰고 밥을 먹었다.

"술 드세요?"

그녀가 물었고 우리는 소주를 주문했다. 애호박전과 찌개, 소주 두 병을 마신 우리는 자리에서 일어섰다. 계산을 하려던 내게 그녀가 지폐를 내밀었다.

"이건 제가 사야죠. 길 안내도 해주시고, 식당도 소개해주시고, 연수 첫날 환영도 해주셨는데."

"아니에요. 일본에서는 모든 게 더치페이예요. 다음에 한국에 가서 만나게 되면 그때는 선생님이 사세요."

꽤 단호한 말투였다. 그녀가 내민 돈을 받았고 계산을 했다. 식당에서 나온 우리는 편의점에 들어갔다. 좋아하는 일본 맥주가 있냐고 물었고 나는 아무거나,라고 대답했다. 그녀는 자기가 제일 좋아하는 맥주라며 에비수 맥주를 권했다. 명태포를 가지고 와 계산대에 올려놓았다. 그러고는 계산을 했다.

"더치페이라면서요."

"이건 환영 인사."

이번에도 단호했다. 나는 그녀가 내민 비닐봉지를 받아들고 그녀의 뒤를 따랐다. 우리는 다시 YWCA 회관으로 갔다. 회관 1층 입구 바깥에 원형 테이블과 철제 의자가 있었다. 낮에는 보이지 않던 것들이었다.

"이곳 여름은 너무 더워서 사람들이 낮에는 에어컨 아래에만 있어요. 선선한 저녁이 되어야 밖으로 나오기 시작하죠. 그래서인지 저녁이 되면 테이블을 밖으로 내어놓는 곳이 많아요. 오늘 운이 좋네요. 빈자리가 있어요."

비닐봉지에서 맥주를 꺼내고 명태포 포장을 뜯는 사이 그녀는 유튜브에서 한국 음악을 찾아 재생했다. 이렇게 앉아 맥주를 마시고 한국 음악을 듣는 게 참 좋다며 여러 번 이야기했다. 우리는 맥주 두 캔씩 마셨다. 그녀는 집에 가겠다며 자리에서 일어섰다. 나는 그녀의 집 앞까지 같이 가려고 했다. 그녀가 말했다.

"선생님이 제 집까지 오시면 제가 다시 선생님을 이곳까지 데려다 드려야 해요. 혼자서 돌아오지 못할 길이에요."

그녀는 돌아갔고 나는 숙소로 돌아와 작은 사각 욕조에 몸을 담갔다. 다음 날 스케줄을 확인한 뒤 침대에 누웠다. 내게 왜 친절한 거지? 잠깐 궁금했지만 원래 친절한 사람이라는 결론을 내렸다. 잠정적이라는 단서를 달았다.

이후로 열흘 동안 토요일과 일요일, 그리고 기억할 수 있는 하루를 제외한 모든 날 그녀와 나는 함께 점심을 먹었다. 그녀와 함께 먹지 않았던 단 하루, 나는 메뉴판의 사진을 보고 라멘을 주문했다. 라멘 그릇에 떠 있는 노란 기름을 보고서 잘못 골랐다는 것을 깨달았다. 그녀와 함께였다면 하지 않았을 선택이었다. 덕분에 그 하루를 기억한다. 그날 그녀가 근무하는 실험실의 후드가 고장이 나서 비상이 걸렸다고 했다. 같이 점심을 먹지 못한다고 문자가 왔었다. 그 뒤로도 대부분의 점심을 같이했다. 간혹 따로 하는 날이 있었지만 그녀가 아프거나 실험실 일정이 있거나 그랬다. 그녀는 항상 문자로 미리 일러주었다. 그런 날 나는 맥도날드에 갔다. 그새 배운 일본식 영어로 '비꾸매꾸'를 주문했다.

그녀는 나에게 다른 한국인들을 소개했다. 먼저 연수 와 있던 사람, 취직해 일하고 있는 연구원, 유학생 등. 대부분 저녁 시간에 그들을 만났다. 술을 마셨고 이야기를 했고 그러다 기분이 좋으면 노래방에도 갔고 더치로 계산했다. 그녀는 정말 많은 사람을 알고 있었다. 내게, 그리고 그 많은 사람에게 자신의 인맥을 자랑하는 듯 보였다. 그 인맥이 다했다고 느낄 즈음이었다. 점심을 먹던 그녀가 물었다.

"동경대 안 가보셨죠?"

"네. 안 가봤지요. 지원 선생님이 데리고 가지 않았으니까요. 제가 여기 와서 선생님 없이 가본 곳이 있습니까?"

"훗, 그러네요. 그러면 오늘 저녁에는 동경대에 가봐요. 제가 예전에 거기 있었거든요."

"동경대요?"

"네. 지금 여기 오기 전 그곳 미생물실에서 연구원으로 있었어요. 거기 교수님과는 지금도 친하게 지내요. 교수님 댁에 가서 밤새 놀기도 했어요. 요다 센세라고 불러요, 저는."

"요다 센세?"

"미생물 분야에서 세계적인 학자예요. 최초로 발견해서 자기 이름을 붙인 세균도 몇 개 돼요."

그날 저녁 그녀는 나를 동경대로 안내했다. 동경대 앞 골목 한국식
당에서 반계탕을 먹을까 했지만 그녀는 동경대 식당 밥 정도는 먹어
봐야 한다며 내 팔을 잡아당겼다. 우리는 아까몬[赤門]을 통해 안으로
들어갔다. 구내식당에서 저녁밥을 먹고 자판기에서 캔커피를 뽑아
벤치에 앉았다. 낮게 다듬어진 관목 울타리의 안과 밖을 드나드는 참
새 떼가 소란스럽게 울어댔다. 앉을 자리를 찾지 못한 나비 한 쌍이
참새들의 울음 사이로 날갯짓을 했다. 그녀는 일곱 시가 지나길 기다
린다고 말했다. 아직은 연구원이나 대학원생들이 남아 있을 시간이
라고, 마주치고 싶지 않다고 했다. 일곱 시가 지나자 그녀는 벤치에
서 일어섰고 나는 그녀를 따라갔다.

"저기가 자연대 건물이에요."

아치 모양의 갈색 문을 열고 건물로 들어갔고 몇 개의 실험실을 지
나 한 실험실로 들어갔다. 불이 켜져 있었지만 아무도 없었다. 그녀
는 익숙한 듯 실험실 냉장고 문을 열었다. 캔맥주 두 개를 꺼내 나에
게 하나 건넸다.

"여기에는 항상 맥주가 있어요. 요다 센세가 맥주를 정말 좋아하거
든요."

"마셔도 되는 거예요?"

"당연하지요. 요다 센세가 제게 언제든 와서 마시라고 했어요."

그녀는 실험실 안을 돌며 책상 위의 노트들을 뒤적거리기거나 테이블에 붙어 있는 메모지들을 살폈다. 나는 창가에 붙어 서서 그녀를 보고 있었다. 그때 누군가 실험실 문을 열고 들어왔다. 검은 뿔테 안경을 쓴 남자였다. 엉덩이에 걸친 헐렁한 청바지는 곧 흘러내릴 듯 보였다. 그가 나를 보고 뭐라 하려는 순간 그녀가 말을 했다.

"헤이, 유이토 군."

남자는 고개를 돌려 그녀를 보았고 웃었다. 입술 사이로 덧니가 보였다. 둘은 일본어로 인사를 나눴다. 그녀가 그에게 나를 소개하는 것 같았다. 그가 나를 보며 고개를 숙였다. 나는 영어로 인사를 했다.

"선생님. 얘 이름은 유이토에요. 테루야 유이토. 제 전 남자친구예요. 정말 착해요. 여기 실험실에 있을 때 만났어요. 요다 센세의 대학원 제자에요."

"전 남자친구라면?"

"헤어졌단 말이죠. 그래도 친구처럼 지내고 있어요. 얘는 뒤끝이 없어요. 저도 그렇고."

둘은 나를 창가에 세워둔 채 일본어로 대화를 나눴다. 가끔 그녀가 유이토의 어깨를 쳤고 유이토는 어깨를 손으로 문지르며 웃었다. 십여 분 정도 지난 후 나서 그녀가 말했다.

"선생님, 우리 오늘 한국 식당에 가요. 유이토가 한국 음식을 먹고 싶대요."

우리는 한참을 걸어 한국 식당에 갔다. 연수 첫날 그녀와 갔던 식당. 그녀와 유이토는 나란히 자리를 잡았고 나는 그녀의 맞은편에 앉았다. 그녀는 이번에도 애호박전을 주문했고 그날처럼 빨간 고추 두 조각이 올려진 애호박전 일곱 개가 나왔다. 그녀가 유이토에게 뭐라 말했고 유이토는 연신 소, 소 하며 고개를 끄덕였다. 나를 보며 웃기도 했다. 아마도 그날 일을 이야기해준 모양이었다. 그녀가 소주를 주문했다.

"유이토 얘, 소주 잘 마셔요. 비싸서 못 먹죠."

술을 마시니 나도 말이 많아졌다. 영어와 몸짓을 써가며 유이토와 대화를 했다. 얌전하고 공손한 사람이었다. 어느새 세 병째 소주를 주문했다. 애호박전과 함께 주문했던 잡채까지 다 먹었다.

"오늘은 조금 많이 나오겠어요. 선생님, 유이토 얘는 돈이 없으니 선생님과 저 둘이서 내는 것으로 해요. 이해해주실 거죠?"

"아, 네. 그러지요. 안주 하나 더 주문하지요. 술이 아직 남았는데."

"네. 두부김치 어떠세요. 두부김치 먹고 싶은데."

볶음김치 한 주먹과 볶음김치를 둘러싼 하얀 두부가 둥근 접시에 담겨 나왔다. 유이토는 눈을 크게 뜨며 스고이, 스고이를 반복했다.

그녀는 유이토를 보며 두, 부, 김, 치, 한 음절씩 끊어서 일러주었고 유이토는 그녀를 따라 말했다. 두, 부, 기므, 치. 그녀가 크게 웃었다.

"기므가 아니라 김이라니까."

그녀가 유이토에게 다시 무어라 말했고 둘은 두부김치의 두부 개수를 소리 내어 헤아리기 시작했다. 이찌, 이찌. 니, 니. 산, 산. 말의 속도가 달라 엇갈렸다. 유이토는 그녀를 따라가기 위해 속도를 높였다. 그녀는 유이토에게 맞추기 위해 속도를 늦추는 듯했다. 앞서거니 뒤서거니. 둘은 그러다 또 웃었다. 그리고 '주우[ㅓ]'부터 '주우산[ㅓㅕ]'까지는 서로 눈과 입을 보며 동시에 말을 마쳤다. 그녀의 입술은 약간 진한 분홍이었다.

두부김치 접시의 바닥이 보이자 그녀는 정확히 절반의 돈을 계산서에 얹어 내밀었다. 나는 웃으며 돈을 받았다. 식당을 나섰다. 도쿄돔 옆 대회전차의 불빛이 예뻤다.

"선생님, 이제 혼자 가실 수 있죠? 익숙해지셨을 것 같은데."

"네?"

"저랑 유이토랑 오랜만에 만났거든요. 할 이야기가 많아요. 오늘은 선생님 혼자 돌아가세요. 내일 봬요."

유이토가 목례를 했다. 나는 손을 흔들었고 한국말로 인사했다.

"다음에 또 봐요."

그녀와 유이토는 바짝 붙은 채 도쿄돔 쪽으로 걸어갔다. 그녀의 웃음소리가 들렸다. 숙소로 돌아온 나는 복도에 있는 자판기에서 캔맥주 두 개를 뽑았다. 숙소의 창을 열고 담배에 불을 붙였다. 창으로 8월 동경의 더운 바람이 훅 들어왔다. 이찌, 니, 산. 나는 담배연기를 내쉬며 주우까지 나지막하게 헤아렸다.

다음 날 점심을 서둘러 먹고 건물 뒤의 수도 박물관에 갔다. 그녀가 보챘다.

"거기 안 가보셨죠? 에어컨을 빵빵하게 틀어놓아서 정말 시원해요. 사람도 별로 없고. 식후에 차 한 잔 마시기에 딱 좋아요."

하얀 돌이 깔린 일본식 정원을 지나 건물 안으로 들어갔고 그녀가 자판기에서 뽑아 온 캔커피를 마셨다.

"어제는 잘 들어가셨죠? 좀 오랜만에 만난 것이라서 유이토와 할 이야기가 많았어요."

"사이 좋아 보이던데. 다시 시작한 건가요?"

"다시 시작이라니요. 그냥 뒤끝이 없어서 사이 좋은 거예요. 제가 말씀드렸잖아요."

"왜 헤어진 건데요?"

"글쎄 그 아이가 느닷없이 저를 자기 부모님께 소개하는 거예요. 그래서 다음 날 바로 헤어졌죠."

그녀는 연애와 결혼은 별개의 일이며, 특히나 일본 남자와 결혼할 생각은 추호도 없었다고 이야기했다. 물론 너무나 사랑하면 전혀 불가능하지는 않겠지만 그럼에도 전혀 준비되지 않은 상태에서 일언반구 언질도 없이 부모님께 자기를 소개하는 것은 용납할 수 없었다고 덧붙였다. 나는 그저 고개를 끄덕였다. 그녀의 핸드폰에서 알람이 울렸다. 몇 번 반복해서 울렸지만 그녀는 핸드폰을 보지 않았다.

"핸드폰에서 알람소리가 나는데요?"

그녀는 핸드폰 플립을 열었다 닫았다. 핸드폰을 뒤집어놓으며 대답했다.

"지진 경보예요. 지내시다 보면 자주 듣게 되실 거예요. 크게 신경 쓰지 않으셔도 돼요. 워낙 지진이 잦은 나라거든요. 이제 가요. 가서 또 일해야죠."

박물관에서 나와 나는 건너편 흡연구역으로 갔고 그녀는 실험실로 돌아갔다.

그 주 토요일 그녀에게서 전화가 왔다. 욕조에 담가둔 빨래를 하나씩 꺼내 행구는 중이었다.

"오늘 별일 없으시죠? 같이 요다 센세한테 가요."

그녀가 동경대 실험실에 왔던 것을 유이토가 요다 센세에게 말했고 요다 센세는 유이토를 통해 그녀를 보고 싶다고 알려왔고 마침 이번 주말 모두의 일정이 맞아 저녁부터 밤새 놀기로 했다는 이야기였다.

"요다 센세가 도쿄돔 호텔 꼭대기에 큰 방을 잡아놓았대요. 밖에서 저녁 먹고 한잔하고 놀다가 호텔에 들어가서 밤새 놀기로 했어요."

우리는 요다 센세가 자주 가는 독일식 호프집에서 만났다. 나는 허리를 굽혀 인사를 했고 요다 센세는 자기 옆자리를 내어 주었다. 센세와 나는 영어로, 센세와 그녀와 유이토는 일본어로, 그녀와 나는 한국어로 대화를 했다. 세 나라의 말이 섞였지만 소란스럽지도 어지럽지도 않았다. 일본어가 끝나면 센세가 영어로 혹은 그녀가 한국어로 내게 설명을 해주었고, 한국어가 끝나면 내가 영어로 혹은 그녀가 일본어로 센세와 유이토에게 말했다. 우리는 한국에 대한 이야기와 요코하마에 살고 있다는 (이혼을 하지는 않았지만 본 지 2년이 넘었다는) 센세의 부인에 대한 이야기, 이번 여름이 지나면 인도네시아에 가서 활화산 분화구에 살고 있는 세균을 채취할 예정이라는 센세의 이야기 등을 나눴다. 그녀가 인도네시아에 데려가 달라고 졸랐던 것 같고 센세는 부인이 허락을 안 할 것이라고 말했던 것 같다. 나는 몇 번 소, 소, 소데스까 하며 고개를 끄덕였다. 그때마다 그녀와 유이토, 그리고 요다 센세는 소리 내 웃었다. 유이토는 연신 맥주잔을 들어

건배를 하자 했고 센세는 내게 일본어 억양이 좋다며 칭찬을 했다. 호프집에서 나온 우리는 센세가 예약해둔 호텔 방으로 향했다. 센세가 체크인을 하는 사이 우리는 로비 소파에 앉아 기다렸다. 그녀에게 물었다.

"세균을 찾으러 인도네시아까지 가나 보네요."

"센세가 발견한 세균의 대부분이 인도네시아산이에요. 독일 것도 몇 개 있고."

"왜요?"

"센세의 아버지가 인도네시아 사람이래요. 어머니가 일본인이고. 센세의 절반은 인도네시아산인 셈이죠. 센세가 독일에서 공부했다고 제가 이야기해드렸나요?"

"아니오. 독일에서 공부하셨어요? 아까 호프집에서는 동경대 출신이라고 말했던 것 같은데."

"동경대 출신이죠. 그런데 교수들이 안 키워준 거예요. 순종이 아니라고. 그래서 독일로 유학을 가셨죠. 거기서 박사 학위를 땄고 사모님도 만났어요. 지금 같이 지내지는 않지만요. 그것도 사연이 있어요. 사모님 집안이 요코하마에서 유명한 집안인가 봐요. 두 분의 결혼을 많이 반대했대요. 결국 결혼을 하기는 했지만 여전히 마음에 들지 않는 사위고, 그래서 사모님을 요코하마로 불러서는 보내주지 않는다네요. 보내주지 않는 건지, 사모님이 안 오는 건지 알 수 없지만. 두 분 사이에 자식도 없어요. 하여튼, 독일에서 학위를 땄는데 인도네시아에서 발견한 세균을 가지고 학위를 딴 거예요. 고세균 말이에요. 극한 조건에서 자라는 세균들 있잖아요. 그 학위와 논문을 가지고 다시 일본으로 돌아온 거죠. 동경대에서 교수 자리를 줄 수밖에 없었다 하더라고요. 파란만장하죠? 우리 센세."

침대가 두 개 있는 방이었다. 창밖으로 도쿄돔 대회전차의 불빛을 받아 반짝이는 롤러코스터 레일이 보였다. 우리는 카드 게임, 젠가를 하며 놀았다. 누구도 통역을 해주지 않았다. 각자의 언어로 말했고 들었다. 웃으며 대답까지 했다. 담배를 피우고 오겠다며 나갔던 센세가 와인 세 병을 들고 들어왔다. 두 병을 비울 즈음 그녀는 졸리다며 침대로 올라갔고 센세는 세 병째 와인의 코르크를 열어준 뒤 소파에 기대어 앉아 있다 잠이 들었다. 유이토와 나, 둘이 마주 앉아 서로의 잔을 채웠다. 유이토는 영어가 약했고 나의 일본어는 짧았다. 무슨 말을 해야 할지 모르는 것이 아니라 어떻게 말을 해야 할지 모르는 상황이었다. 유이토가 핸드폰을 꺼냈다. 구글을 띄워놓고 번역기를 돌렸다. 유이토가 한 번 내가 한 번, 우리는 구글을 이용해 대화를 시작했다. 구글 창에 문장을 써 넣으며 입으로 말을 했고 구글창에 번

역된 문장을 보며 감탄사를 내뱉기도 했다.

[나는 지원 씨를 사랑합니다. 지원 씨도 나를 사랑합니다. 저는 압니다.]

[왜 헤어졌나요?]

[조금 복잡한 이야기입니다. 제가 말하기를 지원 씨가 원하지 않을 겁니다.]

[어떻게 만났나요? 어떻게 사귀게 되었나요?]

[요다 센세의 실험실에서 만났습니다. 사람들이 지원 씨를 괴롭혔습니다. 제가 지원 씨를 지켜주었습니다.]

침대에 누워 있던 그녀가 돌아누우며 일본어로 잠꼬대를 했다. 나는 유이토에게 물었다.

[지원 씨가 방금 뭐라고 한 건가요?]

[쓸데없는 말 하지 말라고 했습니다. 지원 씨는 눈치가 빠릅니다. 우리도 그만 자야 합니다.]

나는 유이토에게 남은 한 침대를 같이 쓰자고 했지만 유이토는 한사코 바닥에서 자겠다 고집을 피웠다. 결국 그녀와 내가 침대 하나씩을 썼고 유이토는 바닥에 침대보를 깔고 누웠다. 센세는 소파에서.

소변이 마려워 잠을 깼다. 간밤에 많이 마신 탓이었다. 화장실에 갔다 돌아오는데 센세가 일어나 앉아 있었다. 언제부터 일어나 있었는지 궁금했지만 묻지 못했다. 무슨 언어로 어떻게 이야기해야 할지 몰랐다. 센세가 소파 옆자리를 손으로 두드렸다. 나는 소파로 가 센세 옆에 앉았다. 침대에 누워 있는 그녀와 바닥에서 자고 있는 유이토가 한눈에 들어왔다. 좋은 사람들이야. 센세가 영어로 말했다. 나는 그저 고개만 끄덕였다.

"지원상이 처음 우리 실험실에 들어왔을 때가 기억나. 지원상은 일본어를 잘하지 못했어. 심지어 더듬거리기까지 했지."

센세의 영어는 짧고 간결했고 느렸다. 센세는 낮은 목소리로 이야기를 이어갔다.

"일본어능력시험을 치는 것과 실제 생활을 하는 것은 다른 것이니까."

실수, 정확히 표현하자면 의사소통이 잘 되지 않아 발생하는 문제들이 있었고 몇몇 실험들의 결과에 영향을 주기도 했다고 말했다. 일반적인 세균들은 한국의 실험실에서도 익히 다루던 것이었기 때문에 굳이 다른 연구원이나 대학원생들에게서 설명을 듣지 않아도 다룰 수 있었다. 하지만 요다 센세의 실험실에서 다루는 세균은 일반적인 세균이 아니었다. 고세균과 혐기성 균, 배양 조건이 까다로운 균들이 대부분이었다. 그녀는 교과서와 논문을 찾아 살피며 작업을 하려 했지만 실험실의 연구원과 대학원생이 원하는 것은 매뉴얼대로 하는 것이었다. 그들은 일본어로 된 매뉴얼을 그녀에게 건네며 말했다. 이대로만 하면 된다고, 이대로만. 그 이외에는 아무것도 하지 말라 했다.

"시간이 해결해줄 것이라 생각했지. 나는 정말 그렇게 믿었어. 우리 연구원들, 대학원생들이 착한 줄 알았지."

그녀가 맡았던 균주들의 배양이 반복적으로 실패하자 그들은 드러내놓고 그녀를 따돌리기 시작했다.

"사실 그 균들을 배양할 수 있을지 없을지, 있다면 어떤 방식이면 되는지가 실험의 목적이었거든. 그러니까 배양 실패는 말이 되지만 실험이 실패한 것은 아니지. 누가 맡았어도 실패할 수밖에 없는 배양이었을 수도 있고. 아직 누구도 배양해본 적 없는 균일 때도 있었어."

들릴 듯 말 듯한 빈정거림과 욕설이 그녀의 등 뒤를 스치고 지나갔다. 요다 센세가 보기에 그녀는 그저 견디는 것을 선택한 것처럼 보였다고 했다. 실험 일정표를 짜고 작업을 분배하는 과정에서 점점 허드렛일, 심지어 청소 따위의 일들만이 그녀에게 돌아갔다. 요다 센세가 나서 조정을 했지만 그때뿐이었다.

"그때 유이토가 우리 실험실에 온 거야. 다른 실험실에서 문제를 일으키고 쫓겨났거든. 사실 유이토가 뭘 잘못한 것은 아니야. 그 전에 있던 실험실 구성원들과 사이가 안 좋았어. 처음부터 그랬다고 하더군. 지도 교수가 애썼는데 잘 안 됐지. 그래서 지도 교수와 실험실을 바꾸려고 했는데 아무도 받아주려 하지 않았어. 결국 내가 감당하기로 했지. 그래도 여기 와서는 나름 잘 적응하고 있는 것 같아. 아직까지는 별 문제가 없어. 지원 선생과 관련된 일 빼고는 말이야. 우리 실험실에 들어온 지 얼마 되지 않아 지원상을 둘러싼 실험실의 분위기를 느낀 것 같더라고."

유이토는 그녀 대신 불공평한 스케줄에 대해 이의를 제기했고 목소리를 높였다. 유이토가 요다 센세의 실험실까지 오게 된 사연을 아는 다른 연구원, 대학원생들은 유이토와 부딪히고 싶어하지 않았다. 유이토가 제기하는 이의를 대부분 받아들였고 그녀의 실험실 생활은 그만큼 나아졌다. 유이토는 거의 매일 그녀와 점심을 같이 먹었다. 가끔 요다 센세와 함께 점심을 먹는 날을 빼고는 혼자서 점심을 먹던 그녀였다. 유이토는 최대한 쉬운 일본어로 그녀에게 실험에 대해서 설명을 했고 매뉴얼을 풀이해주었다. 시간이 흐른 덕에, 유이토 덕분에 그녀의 실험은 성과를 보이기 시작했다. 그리고 그즈음 그녀와 유이토는 연인이 돼 있었다.

"실험실 내에서는 누구도 둘을 건드릴 수 없었지. 꽤 잘 어울리는 커플이었어. 둘을 보고 있으면 나도 기분이 좋아졌어. 그런데 어느 날 지원 선생이 찾아와서 실험실을 옮기겠다고, 다른 실험실을 소개해 달라는 거야. 워낙 단호하게 이야기해서 말릴 생각을 못했어. 내

친구가 하는 실험실을 소개해줬지. 항생제 내성균을 다루는 곳이라 아마 여기보다 편하기는 할 거야. 그날 나는 그녀에게 분명히 말했어. 언제든지 돌아오고 싶으면 말하라고. 그런데 아직 말이 없네. 아무튼 그즈음 둘이 헤어진 것 같아. 이런, 내가 말을 많이 했네. 다시 자자고. 자야지. 피곤한데. 눈꺼풀이 막 내려와."

나는 다시 침대로 올라갔고 요다 센세는 테이블 등을 끄고 소파에 다시 누웠다. 센세에게 침대에서 자겠냐 물을까 했지만 그러지 않았다. 소파 등받이 쪽으로 몸을 돌리고 익숙한 듯 팔걸이 아래로 고개를 밀어 넣은 센세가 익숙하고 편안해 보였다. 문득 돌아누운 방향이 요코하마 쪽 아닐까 하는 생각이 들었다.

그녀가 부르는 소리에 눈을 떴다. 요다 센세와 유이토는 아침 일찍 일어나 실험실에 갔다고 했다.

"배양액을 살펴야 해서요. 세균은 오늘이 일요일인 줄 모르거든요. 더 주무실 거예요? 체크아웃이 두 시간 정도 남았는데. 저 먼저 갈까요?"

"아니요. 같이 나가요."

도쿄돔 근처의 맥도날드에 들러 커피를 마셨다.

"유이토가 어제 뭐라든가요?"

"지원 선생님을 사랑한다고 하던데요. 지원 선생님도 자기를 사랑

한다고.”

“그래요? 그렇게 말했다고요?”

그녀의 입꼬리가 살짝 올라갔는데 무슨 의미인지 알 수 없었다.

“그런데 제가 잘 몰라서 그러는데요. 유이토 일본어 억양이 조금 다르던데.”

“벌써 그걸 느끼셨어요? 빠른데요. 일본에도 사투리 있어요. 유이토 억양은 오키나와 억양이에요. 말도 조금 다르고.”

“오키나와요?”

“네. 보통 오키나와 사람들은 자기들 억양을 숨기려고 하는데 유이토는 그러지 않더라고요. 일부러 그러는 것 같기도 하고.”

나는 90일의 연수가 끝나고 한국으로 돌아왔다. 돌아오기 전 일주일 동안 도쿄 관광을 했다. 그중 3일을 그녀와 함께했다. 우에노의 동키호테와 하라주쿠의 패션 거리에서 지인들에게 줄 선물을 샀다. 하라주쿠에서 조금 올라간 곳에 메이지 신사가 있었다. 메이지 신사의 삼나무 길을 걸었다. 좌우의 삼나무들 사이에 자갈이 깔린 길이었다. 걸음마다 자그락자그락 소리가 났다. 아키하바라 거리를 거닐다 들어간 성인용품점에서는 얼굴을 붉혔다. 그녀는 아무렇지 않은 듯 이것저것 손을 대며 매장을 돌아다녔다. 긴자에 들러 아내에게 줄 진주

귀걸이를 샀다. 그녀가 추천한 디자인을 골랐다. 그녀와 함께 한 마지막 날 아사쿠사 센소지를 방문했다. 그녀를 따라 향을 피우고 고개를 숙이며 눈을 감았다.

"뭘 빌었어요?"

튀김 덮밥을 먹으며 그녀에게 물었다.

"할아버지가 아직 살아 계시거든요. 요즘 조금 건강이 안 좋으셔서. 건강하게 오래 사시게 해달라고 빌었어요. 제가 일본의 절에서 당신 건강을 빌었다면 아마 크게 화를 내시겠지만."

"화를 왜 내세요?"

"우리 할아버지가 일본을 정말 싫어하시거든요. 일본이라면 주무시다가도 일어나 욕을 한 바가지 하시는 분이에요. 제가 일본에 와 이러고 있는 것도 못마땅해하시죠."

3

유이토가 '봄이 오면'의 멜로디를 흥얼거렸다. 콧소리에도 오키나와 억양이 배어 있는 듯했다.

"건강이 안 좋다 하신 그 할아버지 말이지요?"

"네."

"이제 건강이 회복되신 모양이죠?"

"아니요. 돌아가셨어요. 삼 개월 전에."

"그러면 유이토와 다시 사귀게 된 것이?"

"격렬하게 반대하던 사람이 사라진 거지요. 우리가 헤어진 것도 사실 할아버지 때문이었어요. 웃기지요? 저 정말 할아버지를 사랑했거든요. 그런데 그분이 돌아가신 덕분에 유이토를 다시 만날 수 있게 되다니."

그녀의 할아버지는 징용공이었다. 일본의 조선소에서 배의 선체를 대못으로 연결하는 일을 했다. 벌겋게 달아오른 대못을 건네받아 못질을 하는 일이었는데 그때 입은 화상으로 왼 손바닥을 잘 펴지 못했다. 그때 떨어져 죽지 않은 것이 기적이지. 원자폭탄이 녀석들 머리 위에 떨어진 것도 기적이고. 그 기적 덕분에 돌아와 결혼도 하고 아이도 낳고 이렇게 예쁜 손녀도 보고. 일본 놈들과는 한 하늘을 지고 살 수 없지. 아무렴. 절대로. 우리가 어떻게 당했는데. 입버릇처럼 말하셨다고 했다.

"그러셨던 분이니까요."

그녀가 일본에 가는 것 자체를 반대했다. 하지만 공부를 하러 가겠다는 손녀의 고집을 꺾지 못했다. 그녀는 공부만 하다 돌아오겠다는 약속을 남기고 왔다. 그리고 유이토를 만났다.

유이토가 그녀의 동의 없이 부모님에게 그녀를 소개하려 한 것은 사실이었지만 그녀가 모르고 있던 것은 아니었다.

"제가 어떻게 모를 수 있겠어요. 제가 눈치가 얼마나 빠른데."

유이토의 부모님을 만나기 전 그녀는 집에 유이토 이야기를 넌지시 꺼냈다.

"거짓말을 하거나 숨기고 싶지 않았거든요. 나를 얼마나 사랑해주는지, 내가 그를 얼마나 사랑하는지 아시면 설득할 수 있을 것이라 생각했거든요. 그런데 난리가 난거죠. 한국으로 돌아오라는 것을 울며불며 버텼어요. 할아버지께서 건강하셨다면 아마 저를 잡으러 도쿄까지 오셨을 거예요. 결국 유이토와 헤어지는 것, 실험실을 옮기는 것을 조건으로 일본에 남아 있는 것을 허락받았지요. 그 후에 선생님이 연수를 오셨던 거예요. 헤어진 척하면서 사귀면 되는 것 아니었냐고요? 제가 성격상 그런 거짓말은 못 해요. 제 성격 아시면서."

그녀의 옆에 앉아 있던 유이토는 나와 그녀의 얼굴을 번갈아 보다 이내 유튜브에서 음악을 찾아 틀어놓은 뒤 캔맥주를 따서 들이켰다. 나는 급하게 캔을 들어 유이토의 캔에 갖다 대었다. 유이토는 맥주를 마시다 말고 캔을 부딪혀왔다.

"아마 유이토도 우리가 무슨 말 하는지 알고 있을 거예요. 할아버지라는 단어를 자주 들었으니. 누구 이야기를 하는 건지도 알 거예요. 신경 쓰지 마세요. 착한 사람이에요."

"그러면 할아버지는 아무것도 모르고 가신 거네요?"

"글쎄요. 돌아가시기 전에 유이토에 대해서 물으신 적이 있어요. 당신을 원망하냐 묻기도 하셨어요. 이리 되리라 짐작하고 계셨을 것 같아요."

할아버지가 유이토에 대해 물었을 때 그녀는 유이토를 다시 만나는 것이 가능할 수도 있겠구나 하는 생각이 들었지만 짐짓 관심 없는 척했다고 한다. 찬찬히 고민해보니 별로 매력적인 남자는 아니에요. 집에 돈이 많은 것도 아니고, 이제 겨우 대학원생이니 함께할 멋진 비전이 있는 것도 아니고 게다가 일본어 억양도 이상해요. 오키나와 사투리. 그녀는 할아버지에게 이렇게 이야기했다.

"할아버지는 뭐라 하셨고요?"

"오키나와? 하고 되물으셨죠. 그러고는 그저 아이고, 아이고 하셨어요. 이게 기회일까? 하고 잠깐 생각했지만 다시 사귀겠다는 말 따위는 꺼내지 않았어요. 알 수 없는 일이니까요. 할아버지 건강도, 유이토와 나의 관계도. 아무튼 웃기지 않아요? 저 나쁜 년이죠? 일본을 싫어하시던 할아버지가 돌아가시자마자 일본 남자와 다시 사귀다니 말이에요."

"일이 그렇게 흘러간 것을요. 그래도 돌아가실 때까지는 기다린 셈이잖아요. 유이토가 그 시대를 살았던 일본인도 아니고."

나는 별일 아니라는 듯 양쪽 어깨를 으쓱해 보였고 그녀와 유이토
와 건배를 했다. 그러다 할아버지가 돌아가셨을 때 한국에 왔을 텐데
왜 연락을 하지 않았냐고 그녀에게 따지듯 물었고 그녀는 경황이 없
었다고 대답했다.

다음 날 나는 한국으로 돌아왔다. 3개월 후 두 번째 연수를 오게 되
면 지브리 스튜디오에 함께 가자 약속을 했다. 전철역으로 배웅을 나
온 유이토에게 책임지고 예약을 해놓으라 윽박질렀다. 유이토는 웃
으며 그러겠노라 다짐했다.

"안녕히 가세요."

유이토는 미리 준비한 듯 한국어로 인사를 했다. 그리고는 멋쩍은
듯 두 손으로 머리를 빗어 뒤로 넘겼다. 유이토의 귀가 드러났다. 유
이토의 귀 끝도 뾰족했다.

"지원 씨도 알고 있었어요? 둘이 닮았어요. 귀가. 붙여놓으면 나비
예요. 나비."

그녀는 귀를 가리며 웃었다.

4

나는 두 번째 연수를 가지 못했다. 다니던 직장을 그만두었다. 더 많은 월급을 책임지겠다며 찾아온 헤드헌터를 따라 직장의 문을 나섰다. 그녀와 유이토는 두 번째 연수가 취소된 것을 무척 아쉬워했다. 나는 도쿄야 놀러 가면 되는 것이니 너무 섭섭히 여기지 말라며 그들을 달랬다.

그해 겨울 크리스마스이브 저녁 그녀에게 전화를 걸었다. 유이토와 함께 있다고 했다.

"선생님, 저 다시 요다 센세 실험실로 들어갔어요. 요다 센세가 저보고 도와달라고 했어요. 게다가 거기 있는 녀석들이 유이토를 괴롭히는 것 같아서, 이번에는 제가 유이토를 지켜주려고요. 제가 이제는 전투력이 좀 되거든요."

잘 되었다고 대답했다. 그리고 내년 3월 하순에 휴가를 얻어 도쿄에 가려고 한다는 계획을 전했다.

"제가 요즘 일본어 학습지를 받아보고 있거든요. 유이토한테 전해주세요. 3월에 가면 일본어로 대화하자고."

"정말요? 꼭 오시는 거죠? 정말 잘 되었어요. 그렇지 않아도 전화드리려 했는데. 우리 4월에 결혼하기로 했어요. 4월에는 일본에서 그리고 한국에서는 5월에 결혼식을 할 거예요. 그때도 오셔야 해요, 꼭. 아무튼 3월에 뵈어요. 자세한 이야기도 그때 나누고요."

2월 말에 그녀로부터 메일이 왔다.

[3월 1일부터 3월 20일까지 요다 센세와 함께 후쿠시마와 이와테 현을 둘러볼 예정이에요. 그쪽에 원자력발전소가 있는데 주변 세균들을 채취할 예정이에요. 유이토도 함께 가요. 선생님께서 오시는 날이 3월 21일이라 하셨지요? 특별한 일이 없다면 그날 도쿄에 있겠지만 혹시 일정이 밀리면 미리 말씀드릴게요. 보고 싶어요. 선생님. 유이토도 안부 전해달라네요.]

2011년 3월 11일 그 일이 있었다. 나는 3월 21일에 일본에 가지 못했다. 나비들은 무사하겠지? 어디든 날아올라 앉아 있겠지?

계절의 자세

거꾸로 매달린 봄이 간밤에 내린 겨울과 마주하고 있다.

지난 늦가을 지인들이 건네어 준 장미꽃 다발을 베란다 천장에 매달아놓았다. 비닐하우스에서 재배한 꽃이지만, 봄이라 믿고 피었으니 갑자기 대면한 추위와 간밤에 내린 눈에 적잖이 당황하는 중일 것이다.

꽃송이 중 일부는 쪼그라들고 비틀어져 과거의 영광이 사라졌다. 심지어 문드러지고 벌레가 꼬이는 것도 있어 그냥 두지 못하고 잘라내었다. 쪼그라들거나 문드러지지 않고 남아 있는 꽃들이 고마울밖에. 기특한 생각에 가만히 장미꽃들을 들여다보니 녀석들은 색의 전쟁을 치르고 있다. 붉은색과 갈색의 전쟁이다.

옅은 갈색이 경계를 넘어 붉은색으로 진군하고 있다. 결국 갈색의 승리가 되겠지만 아직은 압도적이지 않다. 결과를 안다고 해서 승부가 끝나는 것도 아니다.

붉은색은 끝내 이기지 못할 것을 안다. 그럼에도 맞서 버티고 있다. 칭송받아 마땅하다. 다른 색을 허용하지 않고 오직 스스로의 붉음으로 모든 색을 압도하던 과거는 허투루 세워진 것이 아니다. 한 점의 빈틈도 없지 않았는가. 형상은 우아했고 색은 우아함을 받쳐주는 기둥이었다.

내심 마음은 갈색으로 기울어져 있다. 드라이플라워의 목적은 봄을 기억하기 위한 것이 아니다. 기울어진 마음을 들키지 않으려 가끔 붉은색에 눈길을 주기도 하지만 애틋함도, 무엇도 담겨 있지 않다. 나는 결과를 알고 있다. 붉은색은 그것을 모를까.

쪼그라든 꽃, 문드러진 장미 몇 송이를 더 찾아냈다. 잘라내기 위해 가위를 들었다. 이번에는 호기심이 앞섰다. 어쩌다 쪼그라든 것인지, 왜 문드러진 것인지. 한참을 들여다본다.

아! 이유를 알겠다.

쪼그라든 것들은 갈색이 일시에 진군하여 붉은색을 덮어버린 녀석들이다. 붉은색들이 눈치챌 틈을 주지 않았다. 속전속결로 올라가 정상에 갈색 깃발을 꽂았다. 한발 한발 나아가며 지나온 전선을 다독이지 않았다. 승리만을 목표로 내달린 결과다. 승부는 쉽게 결정되었으나 꽃은 쪼그라들었다.

문드러진 꽃들은 애초에 갈색이 발을 내딛지 못한 녀석들이다. 색의 전쟁을 시작하지 못했다. 그렇다고 붉은색이 승리한 것도 아니다. 예정된 길을 가지 못한 꽃은 문드러지고 봄도 사라졌다.

색의 전쟁이 한창인 녀석들을 본다. 갈색과 붉은색이 마주한 전선은 어제와 오늘 차이가 없어 보이지만 지난주와는 분명 다르다. 시시각각 전선이 변하는 전격적인 진군이 아니다. 갈색은 한 걸음씩 한 걸음씩 전진한다. 내디딘 곳을 한 번 더 살피고 나서야 다음 걸음을 내민다. 붉은색의 후퇴는 과거만큼 우아하다. 꽃을 파괴하거나 부수지 않은 채 한 걸음씩 뒤로 물러선다. 갈색이 오더라도 별일 없을 것이다. 다독이며 물러난다. 꽃은 쪼그라들거나 문드러지지 않은 채 온전히 모양을 유지하고 색만 바뀌게 된다. 새로운 꽃으로 피어난다.

간밤에 내린 겨울이 거꾸로 매달린 봄을 대면하고 있다. 겨울이 보는 것은 박제되어 가는 계절의 기억, 자랑이 아니다. 화려했던 계절이 스스로를 내어놓고 다음 세상에 몸을 맡기는 자세다. 지난 세상을 딛고 올라 나아가는 새로운 계절의 자세다.

곧, 다시 봄이 온다. 겨울도 알고 있겠지.

내일은 봄을 품은, 제법 포근한 겨울 아침이 되지 않을까.

무척이나 추웠던 지난겨울, 단편 「나비를 보았나요」를 쓰며 틈틈이 드라이플라워의 뜻을 헤아렸다.

춘천 사람은
파인애플을
좋아해

도재경

2018년 세계일보 신춘문예에 당선되며 작
품 활동을 시작했다. 소설집 『별 게 아니라
고 말해줘요』가 있다.

언제든 한번 다녀가라고 했다.

장인은 누군가로부터 내가 재혼할 거란 소식을 들은 모양이었다.

"먼저 말씀을 드리려고 했는데 이렇게 되어버렸네요."

"그래서 하는 얘기 아닌가." 장인은 완고한 어조였다. "그래야 새 출발하는 자네 마음도 조금은 홀가분해질 테고."

장인과의 통화는 그게 끝이었다. 구태여 숨길 생각은 아니었지만 막상 장인의 목소리를 듣고 나자 이른 아침부터 눅진한 피로가 몰려드는 것 같았다. 현관을 나서던 지윤 씨는 내 옷깃에 묻은 머리카락을 떼어내며 나를 빤히 올려다보았다. 괜스레 찜찜했다. 무엇 하나 숨길 것 없는 사이라고는 하나 결혼식을 앞두고 전처의 아버지를 만나고 오겠다고 하면 그다지 달가워하지 않을 것 같았다. 어렵게 결혼을 결정한 만큼 서로에게 조심스러웠다. 그런데 의외로 지윤 씨는 덤덤했다.

"적어도 한 번은 찾아뵙고 인사드려야 하지 않겠어요?"

지윤 씨는 엘리베이터를 기다리는 동안 내게 말했다. 나는 지윤 씨의 표정을 살폈다. 허투루 하는 얘기 같진 않았다.

일가친지만 초대해 조촐하게 결혼식을 올리기로 했지만 의외로 이것저것 준비할 것들이 많았다. 그 무렵 지윤 씨는 대학에서 강의를 다시 시작했고, 나는 새로운 프로젝트를 맡아 야근과 출장을 반복했다. 심지어 지윤 씨와도 고작해야 일주일에 한두 번 정도 저녁 식사를 함께할 수 있을 정도였다. 서로의 시간을 쪼개어가며 하나하나 준비해도 버거울 지경이었다. 그런 사정을 장인에게 설명 안 한 것도 아닌데 거두절미하고 다녀가라는 건 무슨 심보인지. 게다가 장인의 집은 행정 구역상 춘천이라고는 하나 산 중턱에 자리한 외딴곳이었다. 그곳까지 다녀오자면 적어도 한나절은 허비될 게 뻔했다. 도무지 속내를 짐작하기 힘든 노인네였다. 장인에게 미안한 마음은 없진 않았지만 아무래도 신혼여행을 다녀온 후에 따로 시간을 내어야 할 성싶었다. 그러나 성질 급한 노인네는 결혼식을 보름 정도 앞둔 어느 날 아침 다시 한번 전화를 걸어왔다.

만약 그날 춘천지점에 출장이 없었다면 장인과의 만남은 이런저런 핑계를 만들어 계속 미루었을지도 모르겠다. 사실 장인을 만나는 게 그다지 편치는 않았다. 장인이 유별난 데도 있었지만 내 발걸음을 붙든 이유는 따로 있었다. 장인을 만나게 되면 어쩔 수 없이 민아에 대한 이야기가 나올 텐데. 까마득한 공허함이 밀려들었다. 그렇지만 결국 한 번은 부딪쳐야 할 일이었다. 그건 장인의 서운한 마음을 달래기 위해서라기보단 그래야만 내 마음의 짐을 어느 정도 내려놓을 수 있을 것 같았기 때문이다. 나는 망설인 끝에 통화버튼을 눌렀다.

"잘 됐네. 일보고 들르게."

장인의 목소리를 듣고 나자 순식간에 온몸이 께느른해졌다. 내심 장인이 춘천 시내에 볼일이 있지 않을까 바랐지만 어림도 없었다. 나도 모르게 한숨이 새어나왔다. 트렁크 어딘가에 얼마 전 거래처에서 받은 와인을 비롯해 새해 달력과 접이식 우산 따위의 판촉물이 있을 것이다. 마지못한 인사치레라곤 하나 빈손으로 찾아가는 것보단 나을 듯했다.

귀신 같은 노인네. 내가 춘천에 일이 있다는 건 어떻게 알았을까. 정말 외계인에게 뭘 주워듣기라도 하는 건가.

완연한 봄이 온 듯싶었지만 춘천에 다다르자 난데없이 눈이 흩날리기 시작했다.

장인의 집엔 민아와 함께 딱 한 번 가본 적이 있었다. 생뚱맞게도 그건 내가 민아에게 졸라서 이루어진 일이었다. 그 얘기를 하자면 먼저 칠 년 전 장인을 처음 만났던 때로 거슬러 올라가야 할 것 같다.

그해 여름은 유난히 무더웠던 것으로 기억한다.

나는 민아와 함께 동서울터미널에서 아이스크림을 먹으며 장인을 기다렸다. 민아로부터 장인이 꽤 오랜 기간 군복을 입고 있었다는 얘기를 들었던 터라 나는 각지고 꼬장꼬장한 중년 남성이 버스에서 내릴 거라 예상했다. 하지만 내 예상은 완전히 빗나갔다. 버스에서 내린 장인은 어설픈 히피를 연상케 했다. 어깨에 닿아 있는 구불구불한 머리카락은 녹색이었고, 그 위로 커다란 헤드폰을 끼고 있었다. 장인은 헤드폰을 목에 걸며 우리 쪽을 향해, 정확하게는 민아를 향해 손을 흔들고선 머리를 쓸어 넘겼다. 두 귀에서는 피어싱이 빛났다.

"우리 민아와 사이가 좋다고?"

장인은 그렇게 말하며 손을 내밀었다. 나는 얼결에 장인과 악수를 나눴다. 장인의 팔에는 형이상학적 문양의 타투가 새겨져 있었다. 나는 장차 장인이 될 어르신에게 코스 요리를 대접하고자 강남의 한 유명 한정식집을 예약해둔 터였다. 하지만 장인을 만난 지 십 분도 채 되지 않아 예약을 취소해야 했다. 장인은 날도 더운데 시원한 맥주나 한잔하러 가세, 그러더니 어딘가로 앞장섰다. 장인이 문을 연 곳은

터미널 뒤편에 있는 배달 전문 치킨집이었다. 장인은 주문한 프라이드치킨이 채 나오기도 전에 연거푸 맥주 세 잔을 들이켜고선, 단번에 우리의 결혼을 승낙했다.

"그거 때문에 이 먼 곳까지 나를 오라고 한 게 아닌가?"

나는 장인의 시원시원한 태도가 마음에 들었다. 그런데 민아는 어떤 표정을 짓고 있었던 걸까. 이상하게도 그때의 민아에 대한 기억이 거의 없다. 심지어 옷차림이나 헤어스타일도 좀체 떠오르지 않았다. 과연 내 곁에 있었나 싶을 정도로 민아는 한 마디도 하지 않았던 것이다. 단 하나, 무더운 날씨임에도 불구하고 민아의 손은 유난히 차가웠던 것만은 기억난다.

아니나 다를까 우리의 결혼식 때 누구보다 시선을 끈 이는 장인이었다. 장인의 옆자리엔 접시 모양의 작은 안테나가 삐져나온 가방이 덩그러니 놓여 있었다. 그걸 챙겨온 이유야 나름대로 있겠지만 장모의 부재가 유독 도드라져 보일 수밖에 없었다. 민아의 손을 내게 넘겨준 장인은 자신의 자리로 돌아가 고개를 끄덕이며 주례사를 들었다. 그런 장인의 모습을 힐끗거리던 민아의 눈동자가 어느새 붉어져 있는 것처럼 보였다. 그래서 나는 그 물건이 부녀에게 어떤 사연이 있는 유품일 거라고 막연히 생각했다. 그도 그럴 것이 민아는 자신의 어머니 얼굴을 사진으로만 기억했다. 목소리도 몰랐고, 함께한 기억도 없었다.

　나는 승진 시험을 준비하느라, 서양화를 전공한 민아는 전시회를 앞두고 있던 탓에 신혼여행을 미룰 수밖에 없었다. 그건 그렇다고 쳐도 양가 어른들에게 인사는 드려야 하지 않나. 그런데 민아는 춘천에 절대 가지 않겠다며 엄포를 놓았다. 장인 때문에 마음이 상해 그러려니 했지만 내 입장에서는 그럴 수가 없었다. 그래도 결혼하고 첫인사인데. 그러자 민아는 너무 멀다는 이유를 덧붙였다. 나는 아등바등 민아를 설득했다. 그런데 민아가 그렇게 말한 데는 그만한 사정이 있었다.

　멀긴 멀었다. 춘천 시내를 벗어나 구불구불한 고갯길을 따라 사십 분가량 달리면 작은 마을이 나왔다. 마을 입구에 주차를 하고, 거기서부터는 산속 오솔길을 따라 삼사십 분쯤 더 걸어야 했다. 고개 하나를 넘고 자그마한 계곡 두 개를 건너자 볕이 잘 드는 작은 평지 위에 세워진 삼각지붕 주택 한 채와 돔형 창고가 보였다. 장인의 집, 그러니까 당시의 내 처가였다. 공기가 좋았다. 집 뒤편으론 수풀이 무성했고, 앞으론 전망이 탁 트여 있어 산림욕을 하기엔 제격일 듯했다.

　저녁 식사를 한 후 장인은 앞마당에 모닥불을 피워놓고는 천체망원경을 설치했다. 그때만 해도 나는 장인이 꽤 낭만적인 취미를 갖고 있구나, 생각했다. 민아가 뾰로통한 얼굴을 하고선 모닥불 앞에서 불을 쬐고 있는 동안 나는 장인이 설치한 천체망원경으로 밤하늘을 바라보았다. 마치 사탕가루를 뿌려놓은 듯한 황홀한 풍경이었다. "정말 아름다워, 민아야. 너도 좀 봐." 나는 민아의 손을 끌어당겼다. 하지만 민아의 시선은 다른 곳에 가 있었다. 장인은 어느새 창고에서 접시 모양의 안테나와 두루마리 종이를 들고 나오는 중이었다.

"이건 일종의 별자리 지도 같은 건데……."

장인은 두루마리를 펼쳐 자신의 팔뚝에 새겨 넣은 문양과 비교해가며 내게 설명했다. 두루마리에는 의미를 알 수 없는 수학 공식과 도형들이 그려져 있었다. 나는 점점 미궁에 빠져드는 것 같았다.

장인은 다른 존재를 찾고 있었다. 그러니까 외계의 존재들 말이다. 장인의 말로는 몇 차례 교신에도 성공했으며, 머지않아 그들이 찾아올 거라고 했다. 장인은 시종일관 엉뚱했다. 장인이 이야기를 풀어놓을수록 나는 어리둥절할 수밖에 없었고, 급기야 민아는 목소리를 높였다.

"아빠!"

민아는 장인의 손목을 붙잡았다. 검은 숲에서 야생 동물의 기이한 울음소리가 들렸다.

"그만해……. 그만 좀 하라고."

나는 화장실에 다녀오겠다며 슬그머니 자리를 피했다. 내가 모르는 사연이 있나 보다, 그런 생각이 들었다. 그런데 외계인은 무슨 이유로 이렇게 외딴 산골을 찾아온다는 건지.

그날 밤 장인은 안테나를 비롯한 온갖 장비를 챙겨 어두운 수풀 속으로 들어가더니 나오지 않았다. 그래도 괜찮을까, 걱정되었지만 민아는 전혀 개의치 않았다.

"넌 우리 아빠를 이해할 수 없을 거야."

민아는 꼬챙이로 모닥불을 들쑤셨다. 타다닥 소리와 함께 불길이 솟구치며, 민아의 얼굴이 주홍빛으로 일렁거렸다.

"아빤 언제나 저런 식이야." 민아는 별빛 반짝이는 밤하늘을 올려다보며 덧붙였다. "대체 어디에 뭐가 있다는 거야. 설사 저 위에 외계인이든 뭐든 있다고 쳐. 무슨 수로 여기까지 올 수 있겠어. 걔네 역시 우리와 다를 바 없는 외톨이일 뿐이야."

"우리가 왜 외톨이야. 이렇게 함께 있는데."

나는 에둘러 말하며 민아의 옆구리를 콕 찔렀다. 그러자 민아는 밉지 않게 입술을 삐죽 내밀었다.

"모든 게 아빠 때문이야."

민아는 엄마의 죽음조차도 아빠 탓으로 돌렸다. 아닐 거야, 다른 사정이 있으셨겠지, 입이 달싹거렸지만 민아 앞에서 그렇게 말할 순 없었다. 민아가 살아온 날들을 모르지 않았다. 장모는 민아를 낳은

이듬해 돌연 세상을 떠났다. 안타깝게도 중환자실에 누워 있는 장모의 마지막 숨소리를 들은 이가 아무도 없었다는 것인데.

장인이 삐걱거리기 시작한 건 서울올림픽이 있던 해부터였다고 한다. 어린 민아를 춘천 시내에 있는 처가에 맡기고 전방의 한 방공포대에서 근무하던 시절이었다. 장인은 야간 근무 중 하늘을 떠도는 미상 물체를 발견했던 모양이다. 올림픽을 앞두고 경계가 삼엄하던 시기였다. 장인은 적기가 출현한 줄 알고 즉시 발포 명령을 내렸다. 하늘은 섬광으로 뒤덮였다가 깜깜해졌다. 곧바로 그 일대를 수색했다. 그런데 어찌 된 일인지 아무것도 발견되지 않았다. 상급부대에서 조사한 결과도 마찬가지였다. 그날 밤 지상의 그 어떤 감시 장비에도 포착된 물체는 없었다. 미상의 비행 물체를 목격한 이는 장인뿐이었던 것이다. 장인으로선 어처구니없는 노릇이었다. 하지만 얼마 안 가 미상 물체는 도깨비불처럼 장인 앞에 다시 나타났는데. 장인이 믿는 건 교전 규칙뿐. 또 한 번 후줄근해지도록 갈겨댔다. 그 일로 인해 장인은 징계위원회에 회부되어 후방 지역으로 전근 조치되었다가, 몇 년 후 결국 군복을 벗었다.

"왜 그러셨던 거래?"

"엄마 때문이었대."

"그거랑 어머님이랑 무슨 상관이야?"

"더 이상 엄마가 이 세상에 없었으니까."

그 얘기를 들었을 때만 해도 나는 아, 하고선 고개를 끄덕이긴 했지만 그게 무슨 연관이 있다는 건지 이해할 수 없었다. 장인은 하늘에 대고 분풀이라도 했던 걸까? 아니면 외계인이 장모를 데려갔다고 믿기라도 한 걸까? 훗날 혹시나 싶어 그런 일이 있었는지 지난 뉴스를 검색해본 적이 있다. 하지만 그해 미상 물체가 출현했다는 뉴스는 어디에서도 찾아볼 수 없었다. 그날 장인이 본 건 대체 뭐였을까.

"근데 참 이상해. 엄마에 대한 기억이 하나도 없는데 가끔 엄마가 나오는 꿈을 꿔. 나를 안아주기도 하고 도란도란 옛날이야기를 들려주기도 하는데, 엄마의 목소리, 엄마의 냄새 그런 게 전혀 낯설지가 않은 거야. 마치 정말 그런 일이 있었던 것처럼 말이야."

민아의 목소리는 어느덧 가라앉아 있었다. 나는 민아 곁으로 다가가 손을 잡으며 어깨를 내어주었다. 숲속에서 잔잔한 바람이 불어왔고, 민아의 머리카락이 내 얼굴을 간지럽혔다. 무슨 이유에서였을까. 민아는 내 어깨에 머리를 기댄 채 대뜸 다르하드에 한번 가보고 싶다고 했다.

"거기가 어딘데?"

그동안 신혼여행지로 따뜻한 섬을 물색하고 있던 터라 처음엔 민아가 말한 곳이 동남아의 어느 휴양지인 줄 알았다.

"산과 초원, 호수와 강이 있고, 사람들과 야생동물들이 함께 살아가는 곳. 거기 가면 신도 만날 수 있대. 아마 여기보다 별도 훨씬 많을 걸."

그곳은 마치 민아가 그린 그림 속 세계 같았다. 그러면 뭐 어때, 민아와 함께라면 어디든 좋았다. 멀리서 부엉이 우는 소리가 들렸다. 민아는 미소를 머금은 채 콧노래를 흥얼거렸다. 귀에 익은 노래였다. 나는 민아의 콧노래를 따라 불렀다. 민아와는 무얼 해도 즐거웠다. 만나는 동안 늘 좋은 일만 생겼고, 앞으로도 그럴 거라 믿었다. 그날 밤 우리는 두 손을 꼭 붙잡고 별빛 가득한 밤하늘을 오래오래 바라보았다.

장인은 다음 날 우리가 떠날 무렵이 되어서야 숲에서 나왔다. 그리고는 아무 일도 없었다는 듯 민아의 가방에 밤과 대추를 한가득 담아주었고, 내 손엔 김치를 담은 플라스틱 통을 쥐어주었다. 민아는 장인과 포옹하였고, 장인은 민아의 어깨를 두드렸다. 부녀지간이 다 그렇지 뭐. 나는 두 사람을 흐뭇하게 바라보았다. 그렇지만 애석하게도 우리가 함께한 시간은 그게 마지막이었다.

지점에서 일을 마치고 나오자 그늘진 곳에 눈이 조금 쌓여 있을 뿐 언제 그랬냐는 듯 구름 사이로 드러난 하늘은 짙푸른 빛을 띠었다.

"미리 얘기를 해줬어야죠."

지윤 씨에게 장인을 만나고 돌아가겠다고 하자 며칠 전과 달리 서운해하는 눈치였다.

"미안해요. 그리 늦진 않을 거예요."

지윤 씨는 함께 저녁 식사를 할 수 있느냐고 물었다. 장인이 마을 공터까지만이라도 내려와 주면 좋으련만. 섣부른 기대는 접어두고 장인의 집에서 머뭇거리지만 않는다면 가능할 성싶었다. 나는 제시간에 맞춰서 가겠다고 대답했다. 하지만 눈이 녹아 질척거리는 고갯길에 접어들자 지윤 씨와 괜한 약속을 했나 싶었다. 괜스레 무언가에 쫓기는 듯한 기분이 들었다.

나는 마을 입구에 주차를 하고선 트렁크에서 운동화를 꺼내 갈아신었다. 와인 두 병과 판촉물도 쇼핑백에 챙겨 넣었다. 발걸음을 재촉했다. 그렇지만 오솔길로 들어서자마자 이내 숨이 벅찼고, 다리가 무거워졌다. 고집불통 노인네가 야속하기만 했다. 이 길이 이렇게 멀었던가. 이마에서 연신 땀이 흘러내렸다. 발이 미끄러질 때마다 걸음을 되돌리고 싶었다. 나는 잠시 멈춰 서서 숨을 고르며 땀을 닦았다. 여기저기에서 작은 새소리가 들렸다.

같이 가.

어디선가 민아가 소리치는 것 같았다. 문득 뒤돌아보니 민아가 볼

멘 표정을 하고선 발을 구르고 있었다. 나는 숨을 몰아쉬며 민아를 기다렸다. 하지만 민아는 한 발짝도 움직이지 않고 그 자리에 버티고 서 있었다. 하는 수 없이 나는 되돌아가 민아에게 손을 내밀었다.

거봐 내가 뭐랬어, 힘들 거라고 했잖아.

민아는 내 손을 잡으며 투덜거렸다. 머쓱해진 나는 손수건을 꺼내 땀에 젖은 민아의 얼굴을 닦아주었다. 그러자 민아의 두 볼에 보조개가 피었다.

따뜻하고 보드라운 손, 그리고 단내 나는 숨결, 그런 것들은 이제 어디에 있을까.

수풀에서 새들이 푸드득 날아올랐다. 쌕쌕거리는 민아의 숨소리가 귓가에 맴돌다가 아득히 멀어졌다. 나는 한 걸음, 한 걸음 발을 내딛었다. 걸어온 길을 몇 번이나 되돌아봤을까. 발걸음은 어느덧 장인의 집 앞에 다다라 있었다.

다시 만난 장인은 여전했다.

"빈손으로 왔나?"

장인은 머리에 쓰고 있던 헤드폰을 목에 걸며 물었다. 나는 쇼핑백을 건네고는 물 한 잔을 부탁했다. 장인은 껄껄거리며 나를 거실로 안내했다. 거실 벽면엔 희미한 빛이나 검푸른 하늘을 담은 사진들이 빼곡히 붙어 있었다. 그중에 어떤 사진은 초점이 맞지 않아서 희부연

했는데 기이한 형상을 담은 것 같기도 했다. 장인은 컵을 주며 개수대를 가리켰다.

"목 좀 축이고 기다리게.""

장인은 금속 조각 하나를 이로 꾹꾹 씹더니 라디오 같이 생긴 물건에 그것을 끼어 넣고선 나사를 박았다. 나는 물을 마시며 거실을 둘러보았다. 바닥엔 분해된 컴퓨터를 비롯해 인두, 전선, 니퍼 등 온갖 잡동사니가 널브러져 있었고, 벽과 벽이 만나는 모서리에는 먼지 쌓인 과학 잡지가 층을 이루고 있었다. 나는 물을 한 잔 더 받아 마시고는 창가 쪽에 놓여 있는 나무의자에 앉았다. 창 너머 멀리 눈 덮인 산들이 보였고, 구름 한 점 없는 하늘은 더할 나위 없이 청명했다. 민아와 함께 밤하늘을 바라보았던 마당에는 진흙이 덕지덕지 묻은 통나무가 어지러이 널려 있었다. 나는 시계를 보았다. 적어도 한두 시간 후쯤엔 출발해야 여유 있게 서울에 도착할 수 있을 듯했다. 장인은 헤드폰을 쓴 채 갓 조립을 마친 물건을 들고 창가로 다가왔다. 그것은 휴대용 전파송수신기였다. 장인의 말로는 그랬다.

"한번 들어보겠나?"

나는 장인이 건넨 헤드폰을 머리에 꼈다. 장인은 볼륨 장치를 살짝 돌리곤 믹스커피 두 잔을 만들어왔다. 나는 멍하니 헤드폰을 끼고 있다가 벗었다.

"어떤가?"

"파도 부서지는 소리밖에 안 들리는데요."

"그게 바로 우주의 소리지."

만약 민아가 있었다면 뭐라고 했을까.

거의 사 년 만에 만나는 거였지만 장인은 태연했다. 하긴 그날도 그랬다. 민아가 우리의 행성을 여행한 기간은 고작 서른 해도 채 되지 못했다. 민아가 떠나던 날, 장인은 눈물 한 방울 흘리지 않았다. 자식이 떠났는데 어떻게 그럴 수 있을까. 나로서는 이해할 수 없는 일이었다.

"진작 찾아뵈려고 했는데 많이 늦었네요."

"늦긴 뭘." 장인은 휴대용 전파송수신기에서 삐져나온 전선을 만지작거리며 덧붙였다. "때마침 잘 왔어. 이따 다른 손님도 올지 모르거든."

하마터면 커피를 쏟을 뻔했다. 다른 손님이라고 하면 누군지 뻔했다. 나는 장인의 얼굴을 우두커니 바라보았다. 장인은 대체 왜 그렇게 외계인을 쫓아다니는 걸까. 내가 보기에 외계인은 너무나 가까이 있었다. 그건 다름 아닌 장인이었다.

"자네가 무슨 생각을 하는지 아네. 하지만 난 멀쩡해." 장인은 두 손을 털며 자리에서 일어섰다. "내가 거짓말을 하는지 아닌지는 두고 보면 알 게 아닌가."

장인은 이러고 있을 때가 아니라며 나를 돔형 창고로 이끌었다. 유에프오 플랫폼을 보수해야 한다는 것이다.

장인이 공구함에서 망치, 나사못, 전동 드릴, 용접봉 등을 꺼내는 동안 나는 창고 내부를 둘러보았다. 여러 대의 모니터에선 푸른 실선의 파동이 제각각 일렁였고, 스피커에선 치직거리는 잡음이 흘러나왔다. 벽 한쪽으로 밀어둔 화이트보드에는 큼지막한 별자리 지도가 여러 장 붙어 있었으며, 선반 위에는 크고 작은 천체망원경을 비롯해 광학장비, 영상장비 등 한눈에 봐도 고가의 물건들이 진열되어 있다. 그곳은 장인만의 우주항공센터였다.

"아버님."

장인은 선반 하단에서 산소용접기를 꺼내며 나를 힐끗 보았다.

"정말 믿으시는 거예요?"

"뭘?"

"그거요……." 나는 주저하다가 덧붙였다. "유에프오."

막상 묻고 보니 내가 우스꽝스럽게 느껴졌다.

"그 정도야 인터넷만 뚝딱거려 봐도 알 수 있잖은가."

그렇긴 했다. 도처에 널려 있는 그들의 흔적과 정보들. 동굴 벽화나 이집트 상형 문자, 심지어 조선왕조실록에도 유에프오가 출현했다는 기록이 있지 않은가. 1940년대 물리학자 페르미도 계산기를 두드려보더니 지구에 이미 외계 생명체가 와 있을 거라고 했다. 그걸 증명이라도 하듯 휴전선이 그어지던 해 철원에서는 세 차례에 걸쳐 유에프오가 나타났고, 1980년 팀스피리트 훈련 중 전투기 조종사들이 유에프오를 목격한 사례도 있었는데. 장인은 어느새 또 그런 이야기를 늘어놓고 있었다.

"유에프오라는 말은 지극히 인간적인 관점에서나 하는 얘기지. 그들 입장에서는 흔하디흔한 자동차일 뿐이야. 아무튼 외계에서 온 반중력 비행체를 보았다는 증거는 차고 넘치거든."

그래서 어떻게 된다는 걸까. 어쩌자고 장인은 허구한 날 외계인의 뒤꽁무니만 쫓아다니는지. 그렇게 텅 빈 하늘만 바라보다가 그들을 만났다고 치자. 그래봤자 달라질 게 뭐가 있단 말인가. 문득 그날 밤 모닥불을 앞에 두고 장인과 실랑이를 하던 민아의 모습이 떠올랐다. 하지만 장인의 이야기를 중재할 사람은 더 이상 없었다.

"그런데 안타까운 게 뭔지 아나?"

장인은 선반 뒤쪽으로 발걸음을 옮겼다. 그곳엔 커다란 철제 캐비닛이 놓여 있었다. 장인은 캐비닛 하단에서 플라스틱 상자 하나를 꺼내어 들었다. 상자 안에는 알루미늄 재질로 보이는 조각들과 먼지 쌓인 회로들, 그리고 동강 난 금속 구조물 따위가 가득했다. 장인은 그것들이 전국 각지를 돌며 수집한 유에프오의 잔해라고 했다. 하지만 내가 보기에 그것들은 고물 더미로밖엔 보이지 않았다. 정작 내 눈길을 끄는 건 따로 있었다. 캐비닛 상단에는 스티커가 부착된 플로피디스크와 카세트테이프가 가지런히 정돈되어 있었는데 그 옆으로 부서진 오르골 하나가 눈에 띄었다. 설마 저것도 유에프오의 잔해라고 하진 않겠지. 아니면 외계 존재를 만나면 음악이라도 들려주려고 했던 걸까. 나는 무심결에 오르골을 들어보았다. 태엽이 풀리면서 두어 마디 멜로디가 흘러나오다가 멎었다. 장인은 나를 빤히 쳐다보았다. 무르춤해진 나는 그것을 제자리에 놓았다.

"도처에 이런 증거들이 즐비한데도 유에프오 헌터나 채널러들을 미치광이 취급한다는 거야. 언론에서마저도 우리 같은 사람들을 조롱거리로 만들어 더 이상 의문을 갖지 못하도록 만들어버리지. 그러니 어느 누가 나서서 그들에 대해 이야기를 하겠느냔 말이야."

장인은 어느새 열을 올리고 있었다. 어쩌면 몇 해 전 그 일 때문일지도 몰랐다. 어느 날 장인은 방송에 출현하게 되었다며 연락해온 적이 있었다. 장인의 목소리는 한껏 달떠 있었다. 그 무렵 장인은 자신의 카메라로 여러 개의 섬광을 포착한 모양이었다. 장인은 방송사에 영상을 제보하고 인터뷰에도 응할 거라고 했다. 그런데 그 영상에 담긴 섬광은 분명 유성우나 항공기의 불빛으로 보이지 않는다는 것이다. 전문가의 분석 결과 그 빛은 인근 부대에서 훈련 중에 쏘아올린 조명탄으로 밝혀졌다. 하지만 장인은 인정하지 않았다. 장인의 계획은 엉뚱하게 실현되었다. 뜻밖에도 섭외 요청이 들어온 곳은 자연 속에서 홀로 사는 이들을 찾아다니는 교양 프로그램이었다.

"이래 봬도 내가 방공포대에서 근무한 사람이에요. 그걸 혼동하겠어요? 궤적을 보면 이건 외계에서 온 반중력 비행체가 분명해요."

장인은 촬영하는 내내 피디와 스태프들에게 자신이 본 섬광의 궤적을 떠들어댔다. 모르긴 몰라도 그뿐이었을까. 방송을 본 민아는 결국 장인과 또 한 번 크게 다퉜다. 세간에 웃음거리가 되었다면서.

"잠깐 도와주겠나?"

장인은 손수레에 연장통을 실으며 말했다. 나는 장인을 거들었다. 안테나, 전파송수신기, 카메라 등 온갖 장비들이 손수레에 차곡차곡 실렸다.

"저한테 많이 서운하시죠?"

"그렇지 뭐."

장인은 허리를 펴고 손목에 있던 고무줄로 머리를 동여맸다.

"고기라도 한두 근 사왔으면 얼마나 좋아."

장인은 선반에 걸어두었던 작업모를 쓰고 창고를 나섰다. 딱히 대꾸할 말을 찾지 못한 나는 장인을 대신해 손수레를 끌었다.

우거진 수풀을 벗어나자 깨끗하게 정돈되어 있는 꽤 넓은 공터가 나왔다. 공터 입구에는 서낭당에서나 볼 법한 돌무지 여러 개가 쌓여 있었고, 조금 더 안쪽으로 들어가자 널찍한 바위가 펼쳐져 있었다.

이런 데가 있었나? 민아로부터 들은 적도 없거니와 처음 와본 장소였다. 그곳은 장인의 집보다 훨씬 전망이 좋았다. 너른 바위에는 특이하게도 한가운데가 오목하게 패인 채 검게 그을린 자국이 남아 있었다. 바위 가장자리로 구조물이 듬성듬성 박혀 있었다. 그건 바로 유에프오가 언제든지 이착륙할 수 있는 플랫폼이었다. 조악한 그 구조물 너머엔 나무 벤치와 녹슨 시소, 미끄럼틀 그리고 그네가 나란히 자리하고 있었다. 장인은 벤치 앞에 전파송수신기와 카메라를 설치했다. 그러는 사이 나는 페인트칠이 벗겨진 그네를 만져보았다. 차가웠다.

장인은 구조물에 나사못을 조이고 너덜거리는 이음새를 용접하기 시작했다. 나는 장인이 시키는 대로 덜컹거리는 구조물을 들어주었고, 나사못이나 전동 드릴을 가져다주기도 했다. 용접을 끝낸 장인은 구조물을 돌며 망치질을 시작했다. 작업은 대체로 간단한 것들이었다. 그리고, 무의미해 보였다. 그런 장인의 모습을 보자 알 수 없는 답답함이 밀려들었다. 대체 여기서 뭘 하는 걸까. 그런 생각만 머릿속에 맴돌았다. 바람이 불 때마다 그네가 삐걱이며 흔들거렸고 자꾸만 시선이 그쪽에 가닿았다.

"저기 저 나무 이름이 뭔지 아나?"

"네?"

"저 나무 말이야."

장인은 망치를 거꾸로 쳐들고 비탈진 바위틈에 뿌리내리고 있는 소나무 한 그루를 가리켰다.

"……."

"'파인 갭'이라네." 장인은 허리를 펴고선 덧붙였다. "여기엔 나무 한 그루, 풀 한 포기에도 이름이 다 있지."

그게 무슨 뜻이냐고, 물어보려다가 관두었다. 장인은 또 엉뚱한 이야기를 늘어놓을 게 뻔했다. 사실 그때껏 장인의 이야기를 한 귀로 듣고 한 귀로 흘렸다. 장인과 함께 시간을 나눈 것 자체만으로도 어느 정도 성의를 내비쳤다고 생각했다. 그래서 적당한 때를 봐서 일어서려고 했다.

"자네 얼굴을 보니 불만이 가득하군."

장인은 망치를 내려놓더니 느닷없이 나를 벤치 쪽으로 이끌었다. 그러곤 미끄럼틀 뒤쪽으로 돌아가더니 무언가를 들고 나왔다. 고구마였다. 그곳에 작은 광을 마련해둔 모양이었다.

"배고플 때도 됐지."

장인은 어디선가 폐식용유통을 가지고 와선 땔감을 넣고 불을 지폈다.

"여기에 집을 지을까 생각했었어. 그런데 그럴 수 없었지."

나는 까칠까칠한 수염이 뒤덮고 있는 깡마른 장인의 옆얼굴을 보았다. 몇 해 사이 더 늙어 보였다.

"민아가 한 살 한 살 먹으면서 제 엄마를 찾는 거야."

장인은 검게 그을린 석쇠 위에 고구마를 올려놓으며 말했다. 불현듯 장인의 입에서 민아의 얘기가 나오자 가슴이 철렁 내려앉았다.

"초등학교 삼 학년 때던가, 아마 그랬지. 춘천에서 제 외삼촌 차를 타고 여길 온 적이 있었어. 그래서 여기에 있으면 엄마를 만날 수 있을 거라 얘기해줬어. 그런데 그 뒤로 여길 떠나려 하질 않는 거야. 학교에도 가야 하는데 말이야. 애 좀 먹었지."

언젠가 민아는 엄마라며 사진을 보여준 적이 있었다. 눈매와 콧날이 민아와 비슷한 분위기를 풍겼다.

"그땐 민아도 알고 있었어. 내 말이 사실이란 걸 말이야. 그런데 말이야, 이제 와서 생각해보면 그러지 말았어야 했단 후회가 들어."

장인은 가만히 불길을 내려다보더니 연기가 매운지 손등으로 눈을 비볐다. 민아를 떠나보낼 때 눈물 한번 내비치지 않던 장인이었다. 그런데 이제 와 무얼 후회한다는 걸까. 혹시 장인은 민아에게 어떤 환상이라도 심어줬던 걸까. 나는 장인이 어린아이를 무어라 구슬렸을지 도무지 종잡을 수가 없었다.

"어떤 분이셨어요?"

"글쎄?"

장인은 긴 한숨을 내쉬곤 생각에 잠긴 듯 한 손에 턱을 괴었다.

"파인애플을 좋아했지. 민아를 가졌을 때 화천의 한 관사에서 살림을 꾸렸거든. 그런데 어느 겨울 밤 아내가 느닷없이 파인애플이 먹고 싶다는 거야. 그때만 해도 파인애플이 엄청 귀했는데, 한겨울에 어디서 그걸 구하겠나. 화천 읍내를 다 돌아다녀 봐도 파인애플은커녕 바나나 한 묶음 구하기 힘들었지."

불길 속에서 타닥타닥 소리가 났다. 장인은 고구마가 타지 않도록 조심스럽게 석쇠의 모서리를 붙잡고 앞뒤로 흔들었다.

"그래서 어떻게 하셨어요?"

"별수 있나, 춘천 시내까지 내달렸지. 그래도 거긴 도시니까 있을 거라고 생각했거든. 깜깜하긴 마찬가지더군. 구멍가게까지 죄다 들쑤시고 다니지 않았겠어. 맨손으로 돌아갈 순 없었지. 그런데 웬 깡통 하나가 발에 차이는 게 아니겠어. 저거다 싶었지. 파인애플 통조림을 사자마자 부리나케 밟았어. 자네가 알지 모르겠지만 이 동네가 시내만 벗어나면 밤길이 엄청 컴컴해요. 그래도 숱하게 다녀본 고갯

길이라 보지 않아도 훤했지. 그런데 참 희한한 게 말이야, 그날따라 아내에게 돌아가는 그 길이 어찌나 멀게 느껴지던지."

장인은 '파인 갭'이라고 말한 나무를 우두커니 바라보았다. 언제 날아왔는지 멧비둘기 두 마리가 나뭇가지 위에 앉아 깃털을 고르고 있었다.

"맛있게 드시던가요?"

"오물오물 먹는 모습이 얼마나 예쁜지 몰라. 보고만 있어도 배가 부른데 내게도 먹어보라고 권하지 않겠어."

한겨울 밤에 두 사람이 먹었던 파인애플은 어떤 맛이었을까. 갑자기 파인애플의 시큼한 맛이 떠올라 나도 모르게 침이 고였다. 그런데 장인은 나와 다르게 감각했던 모양이었다.

"달았지……, 정말 달더라고."

장인은 일렁이는 불꽃을 바라보며 혼잣말하듯 중얼거렸다. 그러고는 말없이 석쇠 위의 고구마를 되작거리더니 꼬챙이로 하나를 찍어서 내게 건네었다. 뜨거운 기운이 손끝에 전해졌다. 장인은 석쇠를 들어 조심스럽게 바닥에 내려놓고는 검게 탄 고구마 하나를 집어 껍질을 벗겼다. 모락모락 김이 피어오르는 고구마를 후후 불고 있는 장인의 모습을 보자 별안간 우울한 기분이 들었다. 나는 고구마를 한 입 베어 먹다 말고 석쇠 위에 내려놓았다. 목이 막혔다. 나는 물을 찾는 척 주위를 두리번거리며 손목시계를 힐끗 보았다. 슬슬 일어설 때가 된 것 같았다. 그 정도면 장인의 이야기를 충분히 들어줬다고 생각했다. 하지만 장인은 아랑곳하지 않고 폐식용유통에 땔감을 더 집어넣더니 호주머니에서 체리만 한 크기의 공을 꺼내어 내게 건넸다.

"이게 뭐예요?"

형광 빛이 감도는 그 공은 말랑말랑하고 부드러웠다.

"일종의 접속 단자 같은 거지."

장인의 말로는 그건 외계 존재가 지구를 탐색하기 위해 사용하는 물체로 상호간에 인식 체계를 교환할 수 있도록 도와준다고 했다. 대체로 공 모양을 하고 있지만 원통이나 도넛 모양의 것들도 있다는데. 쉽게 말해서 그걸 쥐고 있으면 다른 존재와 대화를 주고받을 수 있다는 얘기였다. 어쩐지 아마추어 심령술사의 이야기를 듣고 있는 것 같았다.

"받아 둬. 쓸모 있을 거야."

나는 마지못해 그 공을 받아 호주머니에 넣고선 자리에서 일어났다.

"아버님." 나는 바지에 손을 문지르며 말했다. "이제 그만 가봐야 할 것 같아요."

하지만 웬걸. 능구렁이 같은 노인네는 들은 척도 않더니 전파송수신기를 자기 앞으로 끌어놓고선 안테나를 고쳐 세우고 볼륨을 높이는 게 아닌가.

"아버님."

"조금만." 장인은 헛기침을 두어 번 하더니 덧붙였다. "조금만 기다려보게."

나는 투박하기 그지없는 전파송수신기 앞에서 골몰해 있는 장인의 얼굴을 보았다. 여러 갈래로 흘러내린 주름이 어쩐지 쓸쓸하게 느껴졌다. 어깨도 유난히 굽어 보였다. 얄궂게도 마음이 편치 않았다. 어쩌면 한동안 장인을 만날 일이 없을 텐데. 그래서였는지 모르겠다. 조금만 더 있자, 조금만 더 듣자, 그런 생각이 들었다. 그래야, 뒤돌아보지 않고 내 길을 갈 수 있을 것 같았다. 어느덧 저 멀리 산릉선에 해가 닿을 듯 내려앉아 있었다.

그렇게 오랫동안 하늘을 바라본 적이 있었을까. 새가 날아가고, 구름은 보랏빛으로 물들고, 하나둘씩 별빛이 깜빡였다. 나는 올지 안 올지도 모를 장인의 손님을 기다리며 이런저런 이야기를 들었다. 더할 나위 없이 진지했지만 때로는 어딘지 모르게 허술해 보이는 얘기들. 일테면 그들은 지금 이 순간에도 지평선 끝과 끝을 순식간에 오가고 있지만 너무 빠른 탓에 우리의 눈엔 보이지 않을 뿐이라며.

"개나 짐승들이 아무것도 보이지 않는 허공에 대고 왜 짖어대겠어, 다 그런 거라니까."

그런 얘기들까지도.

어찌 됐든 장인이 조금은 서둘러 이야기를 마무리 지어주길 바랐다. 지금쯤 지윤 씨는 강의를 마쳤을 텐데. 슬그머니 조바심이 일었다. 하지만 장인은 아랑곳하지 않고 일장 연설을 이어갔다.

"우리의 기술이 아무리 발달했다고 해도 우주의 관점에서 보면 우린 뭐랄까, 유리구슬 안에 들어 있는 것만도 못해. 그래, 우린 정말 미숙한 존재지. 하지만 언젠가 그 유리구슬에서 벗어날 수 있을 거야. 외계 존재들에게서 수집한 기술은 이미 확보되어 있거든. 우리는 그들과 같은 비행체를 충분히 만들어낼 수 있어. 암, 그렇고 말고. 문제는 우리의 신체가 그런 비행을 견뎌내지 못한다는 거지. 만약 견뎌낼 수만 있다면 다른 세계로 여행을 할 수도 있을 텐데 말이야."

"만약에 그렇게 된다면요, 그럼 어딜 가시고 싶은데요?"

장인은 멀뚱히 나를 바라봤다. 차라리 장인이 어슴푸레한 밤하늘에 빛나는 별 하나라도 가리켰다면 어땠을까. 하지만 장인의 대답은 나를 암담하게 만들었다.

"없어."

"그럼 뭘 하러 이런 걸 다 만드신 거예요?"

"걔네가 자꾸 오잖아."

장인이 고개를 들고선 먼 하늘을 바라보았다.

"사실 오지 않는 날이 많아. 대개는 그렇지. 그럼 뭐 어때? 이렇게 하늘을 바라보고 있는 게 헛되단 생각은 안 들어. 오늘 안 오면, 다음 날을 기다리면 되고, 다음 날이 아니면 그다음 날, 뭐 그러다가 언젠가 오겠지. 어쩌면 그중 일부는 이미 와서 우리와 같이 숨 쉬고 있을지도 모르고."

"그럼 좀 나아져요?"

"뭐가?"

"그렇게 기다리기만 하면요."

"물론이지. 이 세상에 나 혼자만 있구나, 그런 생각이 안 들거든. 밤하늘엔 수많은 이야기가 들어 있어. 저길 한번 보게."

장인은 동쪽 하늘을 가리켰다. 그러고는 손가락으로 별자리를 잇기 시작했다.

"저게 큰곰을 쫓고 있는 목동이라네. 마치 우리를 지켜보고 있는 것 같지 않나? 그리고 저기 가장 빛나는 별이 아크투루스야. 우리나라에서 볼 수 있는 별들 중 두 번째로 밝아. 발해가 멸망할 무렵 저 별의 기운이 유독 쇠약했다지 아마."

장인은 오래전 민아에게도 이런 이야기를 해주었을까. 만약 민아가 곁에 있었다면 뭐라고 했을까. 어디선가 민아의 볼멘소리가 들리는 듯했다. 장인의 이야기를 듣다보니 누군가 까만 밤하늘 어딘가에서 우리를 내려다보고 있을 것 같은 기분이 들기도 했다. 그곳은 여기보다 별이 더 많다고 그랬던가. 문득 다르하드에 가보고 싶다던 민아의 얘기가 떠올랐다. 그곳엔 산과 초원, 호수와 강, 심지어 바위와 작은 풀에도 신이 깃들어 있고, 그곳 사람들은 누구든 영적 기운을 지녀 무엇과도 교감할 수 있다는데. 그 얘기를 처음 들었을 때만 하더라도 난 그곳이 막연히 환상의 세계일 거라고만 생각했다. 그러나 그게 아니었다. 뜻밖에도 그곳은 러시아 국경에 인접해 있는 몽골 홉스굴 인근의 초원 지대였다. 양들이 새끼를 낳는 봄이 오면 유목민들의 일손은 쉴 틈이 없다. 양이나 염소들에게 풀을 먹여야 하며, 길 잃은 새끼의 어미도 찾아줘야 한다. 별을 보고 길을 찾는다는 그 사람들은 좀체 길을 헤매는 법이 없다고 했다. 그때까지만 해도 민아의 얘기가 조금은 낭만적으로 들렸다.

"그들은 일 년 중 절반 이상은 눈보라가 몰아치는 길 위에서 산대."

그날 민아는 내 어깨에 머리를 기댄 채 말했다.

"눈보라 때문에 가족 같은 양과 염소를 곤잘 잃기도 해. 하지만 눈보라를 원망하지 않는다는 거야. 어쩔 수 없는 일이니까 말이야."

"어쩐지 매정한 사람들 같은걸."

"하지만 그래야 다시 떠날 수 있겠지."

꼭 그래야만 할까. 나는 이상하게도 그들이 사는 방식이 내키지 않앉다. 그런데 돌이켜보니 나는 민아의 얘기를 오해한 것 같기도 하다. 어쩔 수 없는 일이란 게 민아에겐 어떤 의미였던 걸까. 문득 부녀가 함께 있는 한 장면이 머리에 스쳤다. 어쩌면 장인은 어린 민아를 앞에 두고 밤하늘을 바라보며 별자리 지도 같은 걸 그려주진 않았을까.

그때였다. 무언가 눈앞을 환히 비추었다. 처음에 나는 헛것을 보고 있는 거라 생각했다. 내 옆, 그러니까 벤치 위쪽에서 희붐한 스펙트럼이 아른거렸다. 나도 모르게 자리에서 벌떡 일어났다. 희미한 형상하나가 나를 향해 미소 짓고 있는 것 같았다. 이어서 머리 위에서 금빛 불꽃이 터지면서 하늘을 밝혔다. 너무나 눈부셔 바위틈새까지 다 보일 정도였다. 하나였던 불빛은 두 개로 늘어났고, 이어서 세 개, 네 개로 늘어나더니 제자리에서 빙글빙글 돌기 시작했다. 머리털이 곤두서는 듯했다. 나는 입을 다물 수 없었다.

"저, 저게 뭐예요?"

"드디어 기다리던 손님이 오셨군. 자넨 역시 운이 좋아."

장인은 재빨리 헤드폰을 착용했다.

나는 도대체 무슨 일이 벌어지고 있는 건지 정신을 차릴 수가 없었다. 장인은 안테나 위치를 조정하고는 분주하게 전파송수신기 채널을 돌렸다. 장인의 표정은 그 어느 때보다 진지했다. 장인은 알아들을 수 없는 대화를 한동안 이어나갔다.

"자네도 인사 나누게."

장인은 내 손에 자신의 형광색 공을 쥐여 주며 헤드폰을 건넸다. 나는 헤드폰을 낀 채 넋을 놓고 하늘을 올려다보았다. 저편에서 웅얼거리는 소리가 들렸다. 어디선가 잡음이 뒤섞인 멜로디가 흘러나오는 것 같기도 했다. 설마 장인이 내게 짓궂은 장난을 치고 있는 건 아닐까. 나는 곁눈질로 주위를 살폈다. 그러는 동안 불빛은 이내 흔적 없이 사라져버렸다. 나는 헤드폰을 벗었다.

"뭐라고 하던가?"

장인은 달뜬 목소리로 물었다. 나는 알 수 없는 무언가에 단단히 홀린 것 같았다.

"어떻게 된 거죠? 정말 지금 기다리고 있는 그게 온 거예요?"

"그럼 아니라고 생각하나?"

대체 무슨 일이 벌어진 거지. 내가 모르는 자연현상인가. 아니면 무슨 속임수일까. 혼란스러웠다.

"모르겠어요."

"그럴 리 없는데. 분명 무슨 얘기를 했을 텐데."

그랬나? 내 안에서 알 수 없는 동요가 일었다. 언제부턴가 귓가에 낯익은 멜로디만 맴돌 뿐이었다.

"보고 싶어서 그러니까, 보고 싶어서 왔대요."

나는 얼렁뚱땅 얼버무렸다. 장인은 신이 난 듯 웃음을 터뜨렸다. 그러고는 텅 빈 하늘을 향해 작별인사라도 하듯 두 팔을 흔들었다. 그런데 대체 그 형상은 뭐였을까.

장인의 말로는 그 형상은 그들 세계의 자장과 우리 세계의 자장이 겹칠 때 나타난다는 것인데.

"텔레파시나 심령 현상도 그와 같은 거지. 그렇다고 너무 겁먹거나 걱정할 건 없네. 다른 존재를 봤다고 해서 자넬 정신병자 취급할 권리는 어느 누구에게도 없으니까. 다만 자네가 누굴 만났다는 게 중요하지. 안 그런가?"

내가 누굴 만났다고? 나는 마지못해 고개를 끄덕이긴 했지만 뭔가 개운치가 않았다. 장인은 랜턴을 밝히고 주섬주섬 장비를 꾸리기 시작했다. 그런데 희한하게도 시간이 지나도 내 곁을 떠나지 않는 게 하나 있었다. 나는 귀를 후볐다. 좀체 그 멜로디가 귓바퀴를 떠나지 않았다. 나는 장인이 라디오를 작게 틀어놓았나 싶어 주위를 두리번거렸다. 하지만 소리 나는 물건은 보이지 않았다. 문득 떠오르는 게 하나 있었다.

"캐비닛에 있던 오르골이요."

장인은 고개를 갸웃거렸다.

"혹시 그거, 민아 건가요?"

장인은 끙, 하며 가느다란 신음을 내뱉더니 발끝으로 애꿎은 바닥을 비비적거렸다.

"우리 민아가 어렸을 때 '오즈의 마법사'를 무지 좋아했지. 원래 도로시가 춤추고 있었거든. 그런데 부서졌어."

그래서였구나. 그제야 민아와 함께 불렀던 콧노래가 떠올랐다.

"아버님 그거, 제가 가져가도 될까요?"

장인은 대답 대신 작업모를 벗고는 손등으로 이마를 닦더니 긴 한숨을 내쉬었다.

"중학교를 졸업할 무렵이던가, 아마 그럴 거야. 녀석이 날 그렇게 원망하고 있는 줄은 몰랐어. 날더러 거짓말쟁이라고 하더니 그걸 내게 집어던지지 않겠어. 그렇게 서운할 수가 없었지. 하지만 언젠가는 날 이해해줄 거라 믿었지. 그럴 줄 알았어. 그런데 정작 민아가 무슨 생각을 하며, 어떻게 커가는지 몰랐던 거야. 너무 몰랐어. 바보 같이 평생 눈에 보이지 않는 것들만 좇으며 살아왔으니 말이야. 멀뚱멀뚱 하늘만 바라볼 게 아니라 주위를 둘러봤어야 했는데……."

가만 생각해보니 장인의 마음을 이해할 것도 같았다. 그러니까 장인이 왜 외계인 뒤꽁무니만 좇아다니는지, 왜 그토록 하늘에 집착하는지. 어쩌면 장인은 나를 통해 민아를 다시 한번 감각하고 싶었던 건 아니었을까. 어떤 기억은 너무나 선명한데 민아의 얼굴이 도무지 떠오르지 않을 때가 있다. 그럴 때면 깊은 수렁에 빠진 것처럼 암담해지곤 한다. 혹시 장인도 그랬던 게 아닐까. 그런 장인이 내 마음을 모를 리 없을 텐데. 그래서 다시 한번 부탁했다. 하지만 장인은 못 들은 척 손수레에 장비를 싣기 시작했다.

"아버님."

"그럴 수 없네."

그때만큼 장인의 목소리가 차갑게 들린 적이 있었던가. 장인은 여느 때와 달리 단호했다.

"아무래도 자네가 내 말을 제대로 이해 못한 것 같군."

숲속에서 스산한 바람이 불어왔다. 끼익 끼익 그네가 흔들렸다. 장인은 입을 앙다문 채 손수레를 끌기 시작했다. 장인의 뒷모습이 어쩐지 침울해 보였다.

그날 저녁, 한사코 손사래를 쳐도 장인은 마을 입구까지 바래다주겠다며 손전등을 비추며 앞장섰다. 나는 하는 수 없이 장인의 등을 바라보며 깜깜한 숲길을 걸어 내려왔다.

"환상적인 에어쇼를 본 소감이 어떤가?"

장인은 마을에 이르러서 내게 물었다. 뭔가 속은 느낌이 든다고 하자 장인은 껄껄 웃었다.

"나는 처음부터 자네가 마음에 들었어."

장인은 천진난만하게 말했다.

"솔직히 말해보게. 자네 그동안 내 연락을 기다리고 있었던 건 아닌가?"

나는 슬며시 미소를 지어 보였다. 장인은 외로이 마을 입구를 밝히고 있는 가로등 아래에서 검은 봉지를 내게 건넸다.

"챙겨줄 게 이거밖에 없네. 그리고 말이야."

장인은 어두운 숲속을 바라보며 비스듬히 돌아섰다.

"다시는 오지 말게. 이 말을 하려고 했어. 그러려면 한 번은 만나야 할 것 같아서."

나는 망연히 장인의 얼굴을 바라보았다. 장인은 내 시선을 피했다. 순식간에 가슴 한구석이 서늘해졌다. 그제야 알 것 같았다. 그날부로 모든 게 끝났다는 사실을……

나는 자동차 리모컨을 눌렀다. 삐, 소리가 나며 비상등이 깜빡였다. 나는 장인의 시선이 머물러 있는 숲길을 되돌아보았다. 마치 긴 긴 어둠을 통과해 나온 것만 같았다.

"혹시 그때 기억하세요?"

나는 차에 오르려다 말고 동서울터미널에서 장인을 처음 만났던 얘기를 꺼냈다.

"그럼, 기억하지."

장인은 슬그머니 나를 돌아보았다.

"서운하실 수도 있겠지만 그날이 잘 떠오르지 않아요. 아버님이 어땠는지는 또렷이 기억나거든요. 우리 결혼을 승낙해 주셨으니까. 그런데 이상하게도 유독 민아에 대한 것만 기억나질 않아요. 그날 민아가 무슨 옷을 입고 있었는지, 웃고 있었는지, 아니면 무뚝뚝한 표정이었는지……, 그런 것들 말이에요."

"뭐 그럴 수도 있지."

"정말 기억하세요?"

"기억하고말고. 고약한 기분이었지. 내가 왜 연거푸 맥주를 마셔댔겠나. 두 사람이 나를 거들떠보기는커녕 손을 꼭 붙잡고선 서로의 얼굴만 바라보고 있었잖은가."

그랬구나, 그랬었구나. 나는 속으로 되뇌었다.

나는 호주머니에 있던 공을 꺼내어 장인에게 돌려주었다. 장인은 무슨 의미인지 알겠다는 듯 미소를 지어 보였다. 그러고는 한 걸음 다가와 내 어깨를 두드려주었다.

"조심히 가게."

차 유리와 사이드미러에는 자잘한 물방울이 맺혀 있었다. 나는 장인을 향해 고개를 꾸벅 숙이고는 천천히 도로로 나섰다. 모퉁이를 돌기 전 사이드미러를 보니 손을 흔들고 있던 장인이 모습은 이미 어둠 속에 묻혀 있었다.

완만한 경사로에 접어들 때쯤 휴대폰이 울렸다. 나는 갓길에 차를 세웠다. 지윤 씨는 왜 이렇게 통화가 안 되느냐고 물었다.

"미안해요."

"인사는 잘 드렸어요?"

"네."

"별일 없죠?"

나는 잠시 망설이다가 덧붙였다.

"시골이라 그런지 밤하늘이 깨끗하더라고요."

나는 전화를 끊고 휴대폰을 확인했다. 어찌 된 영문인지 부재중통화나 수신된 메시지가 없었다. 장인의 집이 수신 불가 지역이었나. 그런데 장인은 무슨 수로 내게 전화를 한 걸까. 홀로 어두운 숲길을 걷고 있을 장인의 뒷모습이 눈앞에 아른거렸다. 나는 조수석에 둔 검은 봉지를 열어보았다. 파인애플 통조림 하나가 들어 있었다. 민아가 파인애플을 좋아했던가. 불현듯 입속에 감돌던 시큼한 기운이 코끝에 전해졌다.

나는 핸들을 잡았다. 먼 하늘에 유난히 반짝이는 별 하나가 보였다. 잠시 후 이정표가 나왔다. 춘천을 지나는 중이었다.

코끼리와 기린

어린 시절 할머니는 내게 달을 보며 기도하는 방법을 알려주었다. 별 건 없었다. 깨끗한 우물을 떠놓고 달을 향해 두 손을 모으는 게 전부였다. 그다음은 아직 도래하지 않은 세계를 마음속으로 그린다. 한번은 혼자 마당에 나와 보름달을 멀뚱멀뚱 바라보며 두 손을 모은 적이 있다. 서울 구경을 해보고 싶어서였다. 내가 그린 서울은 기찻길이 지나며 언제든 코끼리와 기린을 볼 수 있는 작은 마을이었다. 내 상상은 고작 그 정도였다.

언제부턴가 서울을 상상하지 않게 되었다. 알다시피 서울은 무료할 틈이 없다. 하루도 빠짐없이 상상 밖의 일이 벌어진다. 어느 날 오후 광화문 광장에 공룡이 나타났다고 해도 이상할 게 없다. 대신 이따금 달을 보며 두 손을 모았던 그때를 그리곤 한다. 하지만 지나간 시간은 아무리 염원해도 되돌아오지 않는다. 기도는 태생적으로 미래를 지향한다. 그래서 우리는 까만 밤마다 금세 지워질 꿈을 꾸는 건지도 모르겠다.

안톤 체호프의 소설 「애수」에는 자식을 잃은 마부가 나온다. 그런데 마부를 위로해주는 이가 아무도 없다. 거짓말 같은 일을 겪은 이는 언제나 없는 세상을 꿈꾼다. 이 소설을 쓰며 빚진 이가 있다면 그 마부일 것이다. 그가 내게 건넨 나침반은 오늘도 까닭 없이 동쪽 하늘을 가리키고 있다.

우리들의
두 번째
롬복

문서정

2015년 불교신문 신춘문예에 당선되며 작
품 활동을 시작했다. 에스콰이어몽블랑문
학상 대상, 천강문학상 대상, 스마트소설박
인성문학상을 수상했으며, 2018년 아르코
문학창작기금을 수혜했다. 소설집 『눈물은
어떻게 존재하는가』가 있다.

결혼 15주년 기념으로 신혼 여행지였던 롬복으로 다시 여행을 갔습니다. 아이들 생각만 하지 않는다면 당분간 집으로 돌아가고 싶지 않을 정도로 좋았습니다. 배에서 발을 헛디뎌 넘어질 때 본능적으로 아내의 팔을 잡았습니다. 바다로 떨어질 줄은 몰랐으니까요. 떨어질 줄 알았다면 둘 다 위험하게 아내의 손을 잡진 않았을 겁니다. 떨어지고 나선 아내의 손을 잡고 버텼죠. 너무 고통스러워 손을 놓고 싶었어요. 죽는 게 낫다 싶었어요. 그러나 내가 손을 놓으면, 외판 위에 엎드려 내 손을 잡고 있던 아내가 떨어질 테니 손을 놓을 수도 없었어요. 그냥 붙잡고 죽을힘을 다해 버텼어요. 나중에는 누가 먼저 손을 놓았는지 모르겠어요.[*]

---

[*] 인터넷 신문에 실린 현오의 인터뷰 글이다.

*

　현오의 몸은 반쯤 바닷물에 잠겨 있었다. 현오의 배까지 물이 올라와 있었다. 나는 바다 한 가운데 떠 있는 배의 선미(船尾) 외판에 허리를 굽힌 채 바다에 빠진 현오의 두 손을 잡고 끌어 당겼다. 그의 몸은 꿈쩍도 하지 않았다. 그가 입고 있는 해상용 멜빵 비옷에 물이 차서 그의 몸무게는 평소보다 배나 더 무거웠다. 그의 멜빵바지는 부풀어 올라 큰 풍선인형처럼 보였다. 그는 여행용 캐리어에 굳이 고무장화까지 달린 해상용 멜빵 비옷을 챙겨왔다. 좀 덥겠지만 주머니가 많아 소소한 낚시 장비들을 넣기 좋고 파도가 쳐도 몸이 젖지 않는다는 이유에서였다. 열 명 정도 탈 수 있는 작은 낚싯배에는 선원 한 명과 현오와 나, 셋뿐이었다.

　"헬프 미, 헬프 미……."

　파도가 내 뒷말을 잡아먹었다. 조타실 쪽에서는 아무 기척이 없었다. 조타실 문이 닫혀 있어 선원에게 내 목소리가 닿지 못한 것 같았다. 바닷물에 잠겨 있는 현오의 움직임에 따라 내 몸이 배 위에서 이리저리 휘청거렸다. 나는 배의 뒤쪽 외판에 온몸을 바짝 더 밀착시키며 소리쳤다. 사람이 빠졌어요! 도와주세요! 절규하듯 소리를 질렀다. 파도 소리 외에는 어떤 소리도 들리지 않았다. 나는 더 이상 선원을 부르지 않았다. 소리를 치다 현오의 손을 놓쳐버리면 나까지 바다로 떨어질 수 있기 때문이었다. 오후 4시에 배를 탔을 때와 달리 파도는 거칠었고 파고는 점점 높아지고 있었다. 멀리서 볼 때는 잔잔해 보이던 수면이 날카롭게 날을 세우고 달려들었다. 해질녘부터 롬복* 여행의 마지막 일정으로 롬복의 작은 부속 섬에서 저녁낚시 체험을 하고 있는 중이었다. 나는 조금 전 호텔 로비에서 현오에게 바다낚시 투어를 취소하자고 말하지 못한 것이 후회됐다.

롬복에 도착한 날에는 호텔에서 짐을 풀자마자 스파 마사지를 받고 해변에 있는 오두막 모양의 레스토랑에서 저녁을 먹었다. 이틀째와 사흘째에는 치도모라 불리는 마차를 타고 타운 가를 구경했고, 전통 마을을 둘러보고 원숭이들이 많은 사원을 다녀왔다. 나흘째에는 해변에서 진행되는 와인쇼를 관람했고 스노클링을 체험했다. 오늘은 여행사의 빡빡한 오전 일정을 취소하고서는 호텔 앞 해변에서 아무것도 하지 않을 권리를 내세우며 반나절 내내 누워 있었다. 무료해지면 수상 스키를 즐기는 사람들을 하릴없이 쳐다보았다. 오후 3시에

* 인도네시아의 섬이다. 소순다(Sunda) 열도의 일부로, 동쪽으로 롬복(Lombok) 해협을 끼고 발리 섬이, 서쪽으로 알라스 해협을 끼고 숨바와 섬이 위치한다.

호텔 로비에서 저녁낚시 가이드 미팅이 있어서 시간에 맞춰 호텔 로비에 도착하니 저녁낚시에 참여할 여행객은 현오와 나밖에 없었다. 저녁낚시 투어를 하기로 한 팀들이 아침으로 시간을 변경해 바다로 나가서 조금 후면 호텔로 돌아온다는 사실을 그제야 알게 됐다.

해변에서 현오와 내가 낚싯배로 탑승할 때, 가이드가 낚시 투어를 취소하는 게 어떻겠느냐고 조심스레 물었다. 두 손을 배 위에 얹으며 배탈이 나서 자신은 아무래도 승선할 수 없을 것 같다고 말했다. 저녁부터는 기온도 많이 떨어질 거고 일기예보와는 달리 파도가 거셀 수 있다고 덧붙였다. 어차피 나는 낚시에는 관심이 없었고 끝도 없이 펼쳐진 바다 위로 떨어지는 해와 노을을 보는 게 목적이었기 때문에 그러자며 고개를 끄덕였다. 그러나 현오는 바다낚시를 하겠다고 우겼다. 현오는 가이드에게 오늘이 결혼기념일이라 배에서 자축하고 싶다며, 모든 책임은 자신이 지겠으니 꼭 탑승하게 해달라고 부탁했다. 가이드는 구명조끼를 건네주며 구명튜브가 있는 위치를 알려주었다. 이어 이곳 해변에서는 해양순찰어선이 수시로 순찰을 돈다는 사실과 배는 고기가 많이 잡히는 지점에서는 낚시를 할 수 있게 잠시 멈추고, 그러곤 다른 지점으로 이동한다고 덧붙였다. 그리고도 마음이 놓이지 않는지 현오에게 몇 가지 당부를 더 했다. 나는 현오가 억지를 부리는 게 못마땅했지만 오늘이 롬복 여행의 피날레고 낚시를 좋아하는 그가 가장 기대했던 일정이라 하는 수없이 따라나섰다. 현오와 나는 배의 앞부분과 뒷부분이 좁고 뾰족하며 열 명만 타도 배 안이 꽉 차버릴 것 같은 낚싯배에 올랐다. 인도네시아의 전통 배인 삼판보다는 좀 더 크고 높이도 세 배 정도 높았다. 배에 오르자마자 나는 맑은 햇빛과 바람을 온몸으로 껴안았다. 현오와의 복잡한 일은 일단 접어두고 지금은 롬복의 자연이 선사하는 선물을 충분히 누리고 싶었다. 오후 5시가 되자 수평선 너머에서 노을이 번져와 온통 섬을 보랏빛으로 물들이고 있었다. 물결이 일 때마다 얇은 보라색 시폰 치마가 바람에 일렁이는 것 같았다. 호텔 내 선베드나 셍기기 해변에 누워, 푸른 하늘과 산호초가 부서져 만들어진 에메랄드빛 바다와 지는 해를 바라보는 것과는 비교도 할 수 없는 장관이었다. 사위가 어둑해지자 배에 조명등이 켜지기 시작했다.

바닷물이 현오의 가슴까지 올라와 있었다. 현오의 몸은 눈에 띄게 바닷물에 가라앉고 있었다. 내 두 손을 잡고 있는 현오의 손에서 힘이 빠지고 있는 거였다. 파도가 불규칙적으로 몰아쳤다. 더없이 잔잔하고 아름다워 보이던 바다에 이토록 엄청난 위험이 도사리고 있을 줄은 몰랐다. 현오는 입술을 부르르 떨었다. 낯빛은 이내처럼 보랏빛이었다. 밤이 되어 기온이 10도씨 이하로 뚝 떨어진 탓이었다. 현오는 조금 당겨 올려지는 듯하더니 금방 밑으로 축 쳐졌다. 수영을 하지 못하는 현오는 조금 전까지만 해도 구명조끼를 입고 있었다. 낚시 미끼로 쓸 생선을 장만하다가 해수용 멜빵 비옷까지 입은 상태라 동작이 굼떴던지 구명조끼를 내 쪽으로 휙 벗어 던졌다. 내가 현오의 손을 놓아버린다면, 또는 현오가 내 손을 놓는다면 현오는 바닷물에 떠내려갈 것이다. '지구상에 현존하는 가장 아름다운 섬 베스트 3'에 선정되기도 한, 세계 최고의 파라다이스인 롬복에서 우리는 영영 이별을 하게 되는 것이다.

"오, 마이 갓!"

조타실에 있던 선원이 배의 뒤쪽으로 뛰어오며 소리쳤다. 이제야 현오가 물에 빠진 것을 알아챈 선원은 현오에게 구명튜브를 던졌다. 현오는 구명튜브를 잡지 못했다. 선원은 이어 로프를 던졌다. 현오는 로프도 손으로 받지 못했다. 현오는 두 손으로 내 손만 꽉 잡고 있었다. 선원은 현오의 손을 잡고 있는 내 팔을 위로 끌어당겼다. 180센티미터의 키에 80킬로그램의 현오는 끌어 올려지지 않았다. 해상용 멜빵 비옷 때문에 더욱 그랬다. 선원은 계속 내 손을 잡고 끌어 올렸지만 현오는 그대로였다. 현오의 얼굴은 점점 굳어갔다. 얼굴과 손의 감각이 사라진 듯했다. 선원이 인도네시아어로 무슨 말인가를 큰 소리로 말하고는 조타실로 뛰어갔다. 구조 요청을 하고 오겠다는 말인 것 같았다. 선원이 다시 배의 뒤쪽으로 뛰어오며 "세븐 미니트, 세븐 미니트, 폴리스!" 하며 소리쳤다.

50대 선원의 목소리가 꿈속처럼 들렸다. 해양순찰어선이 오고 있으니 7분까지만 버티라는 말 같았다. 바다에 떠 있는 배는 파도에 심하게 흔들렸다. 속이 메슥거려 금방이라도 토할 것 같았다. 몸이 바다로 꼬꾸라질 듯 휘청거렸다. 현오는 얼마나 버틸 수 있을까. 나는 또 얼마나 버틸 수 있을까. 우리는 둘 다 수영을 하지 못했다. 이국의 바다에서 필사적으로 내 두 손을 잡고 있는 이 남자! 지금 이 상황이 꿈일까? 봄볕이 거실로 쏟아져 들어와 바닥에 빗살무늬를 빚던 오후, 소파에 앉아 영화를 보다가 잠깐 졸면서 꾼 이상한 꿈 말이야.

*

"여기, 마음에 들어요? 그냥 나갈까요?"

내 옆 의자에 앉은, 카키색의 긴 트렌치코트를 입은 남자가 내게 목소리를 낮춰 말했다. 나는 그 말이 반가웠다. 나도 이곳이 마음에 들지 않았기 때문이었다. 토요일 저녁 무렵, 나는 종로 5가에 있는 어느 카페에서 열리는 마술동호회의 정기 모임에 참석했다. 인터넷으로 회원 가입을 하고 입회비와 참가비를 입금하고 온 모임이었다. 이

번이 두 번째 참석하는 거였다. 간단한 마술을 배우거나 마술을 좋아하는 사람들끼리 연대감을 갖고 싶어 회원 가입을 했는데 모임에 참석한 회원은 첫 모임 때처럼 40, 50대의 중년 남자들이 대부분이었다. 동호회 모임이라기보다는 퇴역 마술사들의 모임 같은 분위기였다. 그들은 서로의 테이블을 돌며 악수를 하고 가볍게 포옹을 했다. 그때가 좋았어, 우리 전성기였지, 하는 말들이 오고 갔다. 그들은 전문적인 단어를 써가며 서로 술잔을 부딪쳤다. 첫 모임은 멀뚱히 앉아 있다가 돌아왔지만 두 번째 참석했을 때는 그만 모임을 탈퇴해야겠다는 생각을 하고 있었다. 커피숍을 나와 남자와 나는 버스 정류장 쪽으로 걸었다. 전파사와 조명 가게, 시계점, 시계 수리점, 옷 수선집이 벌집처럼 모여 있는 좁고 어두운 골목으로 들어섰을 때, 그가 불쑥 저녁 먹고 갈래요? 하고 물었다. 마침 근처 골목에는 백반집이 서너 집 건너 하나씩 있었다. 그는 내 대답을 듣지도 않고 제일 먼저 눈에 들어오는 식당으로 발걸음을 옮겼다. 그가 먼저 식당 문을 열었고 나는 군말 없이 뒤따랐다. 저녁 8시가 넘은 시간이라 정말로 시장기를 달래려고 건넨 말이었다는 게 느껴졌기 때문이었다. 아마 그가 찻집이나 근사한 레스토랑으로 가자고 했으면 따라가지 않았을 것이다.

"마술에 관심 있는 사람들의 동호회인 줄 알고 들어갔는데 분위기가 영 아니었어요."

내가 숟가락 통에서 수저를 꺼내 그의 앞에 가지런히 놓으면서 말했다. 그가 내 컵에 물을 따라주면서 데면데면하게 물었다.

"참, 술 하죠? 맥주 한 병 시킬게요."

그는 이번에도 내 대답을 듣지 않고 맥주를 시켰다. 맥주를 유리컵에 따라 몇 모금 들이켰다.

"마술은 군대에서 후임 상병에게 배웠어요. 그게 마술에 관심을 갖게 된 계기가 됐죠. 그다음엔 독학으로, 그다음엔 동아리 모임에서 배웠죠. 그럼, 아주 기본적인 마술 하나 보여줄까요?"

내가 어떤 거요? 아니, 됐어요, 라는 말을 하기도 전에 그는 손바닥 위에 오백 원짜리 동전을 올려놓았다. 그의 손안에 있던 동전이 그가 손바닥을 한 번 쥐었다 펴자 오천 원 지폐로 변했다. 한 번 더 손을 쥐었다 펴자 만 원짜리 지폐가 나왔다. 깜짝 놀라 정말 신기해요. 어떻게 한 거죠? 하고 물었다. 그는 어깨를 한 번 으쓱해 보이더니 자, 이제부터 진짜 마술입니다, 하고는 식탁 위에 있는 냅킨을 여러 장 뽑아 물병의 물을 따라 적셨다. 젖은 냅킨을 조물조물 손바닥으로 뭉쳐 손에 들고는 내 눈을 그으하게 바라보았다. 그는 오른손 검지를 내 콧등에 살짝 갖다 대는 시늉을 했다. 참, 이름이 어떻게 되죠? 미연입니다. 윤미연. 자, 미연 씨 콧기름도 발랐으니, 하나, 둘, 셋, 넷, 이

얍! 그는 기합을 넣고는 휴지가 들어 있는 왼손을 오른손 손바닥으로 활활 부치기 시작했다. 젖은 휴지가 눈처럼 사방으로 흩날렸다. 우와. 내 입에서 감탄사가 연이어 터졌다. 미연 씨, 갑갑하고 힘들 땐 마술이 최고지요. 세상이 내가 원하는 대로 마술처럼 변한다면 좋겠지만⋯⋯ 나는 이런 판타지가 좋아 마술을 배우고 있어요. 나는 이현오입니다. 그가 겸연쩍게 웃으며 말했다.

나는 그 뒤에도 마술동호회 카페에 회원으로 남아 있었다. 카페에 올라오는 화려한 매직쇼 동영상을 보는 즐거움도 컸지만 그것보다는 카페에 현오가 올린 글이 있는지 살피기 위해서였다. 그러던 어느 날 현오와 일대일 접속이 되었고 바로 그날 저녁에 만나기로 약속했다. 11월의 첫째 주 토요일이었다. 첫 데이트인 셈이었다. 둘이 영화를 보고 나온 후에 호프집에서 시원한 맥주를 마셨다. 그러곤 가로수 길을 나란히 걸었다. 조그마한 호수에 다다를 때까지 둘 다 말이 없었다. 나는 바싹 마른 잎사귀가 바람에 너울대는 사이로 보이는 밤하늘만 멀뚱히 보며 걸었다. 그는 이런 침묵이 어색했던지 문득 발걸음을 멈춰 손수건을 꺼냈다.

"이걸로 내 손목을 묶어봐요. 마술을 하나 보여줄게요."

나는 조심스럽게 그의 손목을 묶었다. 꼭꼭 묶었어요? 제대로 묶었어요? 그는 두 번이나 되물었다. 나는 묘한 긴장감을 느끼며 고개를 끄덕였다.

"이제 눈을 감아보세요."

현오가 약간 갈라진 목소리로 말했다. 내가 눈을 감았다 뜬 찰나, 그의 손목은 풀려 있었고, 손에는 마른 잎사귀 하나가 들려 있었다.

"마술쇼 어땠어요? 마술은 속임수라기보다 일종의 숙련된 기술이에요. 기술을 넘어 예술이죠."

나는 눈을 동그랗게 뜨고서 하나 더 보여줘요, 하며 재촉했다.

"다음에요. 다음엔 연습을 많이 해서 온몸이 꽁꽁 묶여도 금방 풀고 탈출하는 그런 마술을 보여줄게요. 마술은 일어날 수 없는 일을 감쪽같이 일어나게 하는 일이거든요. 눈 깜짝할 사이에 기술을 써야 해요."

그날 밤, 우리는 호수 주변을 꽤 오래 걸었고 그러느라 마지막 전철을 놓쳐버렸다. 택시를 기다릴 때에는 현오와 나는 어느새 손을 꼭 잡고 있었다.

그 후 만날 때마다 서로 헤어지기 싫어 그가 집 앞까지 데려다주면 돌아서서 다시 그의 차에 올랐다. 길은 어디로든 연결되어 있어 우리는 'Blue gypsy eyes'와 'Thinking out loud'를 반복해서 들으며 끝없이 주행했다. 집시처럼 어디로든 유랑해도 그와 함께라면 행복할 것 같았다. 그와 데이트가 있는 날이면 나는 어김없이 부모님에게 밤

샘 작업을 한다고 둘러댔다. 그러고선 새벽이 올 때까지 몇 차례나 그의 가슴팍을 파고들었다.

*

룸복으로 오기 몇 주 전, 현오는 티브이 뉴스를 보다 말고 잠시 머뭇거리더니 말했다. 둘 다 오랜 침묵을 깨고 가까스로 조금씩 서로에게 말을 건네기 시작할 즈음이었다.

"우리 언젠가 다시 한번 가자고 했던 곳 있잖아."

"어디였더라, 제주도?"

"아니."

"그럼 어디를 말하는 거지? 룸복, 룸복을 말하는 거야?"

"응, 신혼여행 다녀와서 언젠가 다시 꼭 가자고 했잖아. 결혼 15주년 기념으로 룸복에 있는 리조트 호텔에서 며칠 쉬었다 오자. 코로나바이러스 감염증도 완치됐으니 뭐든 새롭게 시작하고 싶어. 이제 바이러스가 거의 누그러져 해외여행도 가능해졌고."

어쩌면 그는 이 여행을 빌미로 나와의 관계를 회복하고 싶은 건지도 몰랐다. 나는 여행을 가자는 그의 의견에 순순히 고개를 끄덕였다. 그의 거짓말이 드러난 이후로 여태껏 결별의 기회를 보고 있던 참이었기 때문이었다. 신혼 여행지였던 롬복에서 결혼 생활의 피날레를 우아하게 연출해도 나쁘지 않을 터였다. 그러니까 그는 결혼 생활을 다시 시작하기 위하여, 나는 끝내기 위하여 세계에서 가장 아름다운 휴양지의 하나로 꼽히는 롬복으로 여행을 떠날 생각을 하는 것이다. 격정적인 연애 기간은 1년 남짓으로 짧았고 15년 동안의 결혼 생활은 무덤덤했다. 결혼 생활은 마술쇼처럼 긴장감이 있거나 환상적이지 않았다. 이제 이별 의식은 조금 특별해도 괜찮을 것이다. 여행지에서 모든 것을 매듭짓고 돌아오자마자 새로운 삶을 시작하고 싶었다. 마침 여동생이 재택근무 중이어서 초등학교 6학년인 딸아이와 5학년인 아들아이를 일주일 정도 부탁할 수 있었다. 여행 마지막 날에는 와인을 마시며 현오에게 우리의 관계가 더 이상 복구하기 어려우니 이쯤에서 서로 정리하자는 말을 할 작정이었다. 아니면 집으로 돌아가는 날, 호텔에서 일찌감치 짐을 다 싼 뒤 호텔 내 카페에서 나직한 목소리로 이별을 고할 수도 있다. 그동안 완벽한 부부는 아니었지만 그럭저럭 평범한 부부였다. 딸아이와 아들아이가 등교할 날만 손꼽아 기다리며 비대면 수업을 받고, 온 가족이 코로나 예방 수칙을 지키느라 외출을 자제하고 있을 때, 그는 20대 여자의 몸속으로 자신의 그것을 밀어 넣고 있었다. 내가 그가 한 짓을 다 알고 있는데 그가 한 짓을 나만 알고 있는 것도 아닌데 용서가 가당키라도 할까. 그 일은, 그리고 그의 거짓말은 나를 밑에서부터 세차게 흔들었다.

내가 모르고 지나간 그의 거짓말들은 또 얼마나 있을까. 생각해보니 현오가 그동안 나를 소소하게 배신한 일은 종종 있었다. 그의 서재 서랍에서 찾아낸 출처가 불분명한 술값 카드 명세서, 나와는 상의 한 마디 없이 시댁으로 들어간 큰돈, 시댁 식구들 앞에서는 나를 대하는 태도가 고압적으로 돌변하는 이상한 습관만을 말하는 것은 아니다. 직장 동료들 앞에서 "애들 엄마입니다. 종일 집 지킴이죠." 하고 엷게 웃으며 나를 낮추어 웃음의 소재로 삼은 점, 친정 가족행사 때 종종 회사에 급한 일이 생겨 참석하지 못한다고 둘러대던 일, 나와 의논 없이 주식에 투자했다 휴지 조각이 된 일, 한밤중에 걸려오는 전화를 베란다로 가서 허겁지겁 받던 모습, 도저히 내가 풀 수 없을 정도로 해둔 휴대전화의 비밀번호. 이런 일들은 속상했지만 무슨 사정이 있겠지. 일부러 그러려고 한 것은 아닐 거야. 부부라도 각자의 생활을 존중해야 되는 거잖아, 하며 아무렇지 않은 척 넘겼다. 여느 집에서도 일어날 수 있는 일이라고 마음을 다독였다. 그러나 그 일은 내가 한 번도 상상조차 해보지 않은 것이었고 일어나서는 안 되는 사건이었다. 그 일은 롬복으로 여행을 오기 1년 전에 일어났다.

현오는 저녁 7시쯤 집에 도착해서 여느 날과 같이 샤워를 하고, 저녁을 먹고, 과일을 들다가 문자 한 통을 받았다.

"친구가 우리 집 근처에 와 있대. 흑맥주 한잔만 가볍게 마시고 올게. 먼저 자."

"집으로 오라고 해. 냉장고에 흑맥주도 있어. 사회적 거리두기 몰라? 맥줏집도 위험할 수 있어."

아직까지는 감염병 위기 경보가 경계 단계이지만 나는 현오가 걱정이 돼서 친구를 집으로 데려오라고 권했다. 실상은 나가지 말라는 의미였다. 뾰족한 내 어투에 현오는 현관에서 신발을 신으며 "기다리지 말고 먼저 자⋯⋯."라며 말끝을 흐렸다.

그러고는 2주쯤 지났을까. 저녁 식사를 마치고 온 가족이 뉴스를 시청할 때였다. 이번에 우리 지역에서 코로나 확진자로 판명된 20대 여자 말이야, 우리 회사 거래처 여직원이야. 오늘, 우리 사무실 직원들 전부 선별진료소에서 검사를 받았어. 내일 검사 결과가 나올 거야. 당분간 집에서도 서로 거리를 두며 지내자. 집 안에서도 마스크를 쓰고. 내가 양성 판정을 받을 수도 있으니까. 티브이 화면에 시선을 둔 채 현오는 사뭇 결연한 표정으로 말했다. 오똑한 콧날과 단정한 입매가 평소보다 더 차가워 보였다. 그날까지만 해도 나는 현오의 어두운 표정이 양성 판정을 받을 수 있다는 두려움 때문인 줄로만 알았다.

다음 날, 현오는 코로나 양성 판정을 받았다. 현오의 사무실 직원들 중 유일하게 양성으로 나왔다. 나와 아이들도 선별진료소에서 검사를 받았지만 모두 음성 판정을 받았다. 나는 이내 현오와 현오의 거래처 여직원인 20대 확진자 여성의 동선이 같다는 것을 알아챘다. 같은 시간에 같은 모텔에 투숙했다는 것도 알게 됐다. 시청에서 확진자의 동선을 상세하게 기록해서 보내오는 안전안내문자 덕분이었다. 그러니까 현오는 그날 밤에 친구와 만나 흑맥주를 마신 게 아니었다. 20대의 거래처 여직원을 만나러 간 거였다. 나는 시청 홈페이지와 시청 공식 블로그에 접속해서 208번인 현오와 204번인 그 여직원의 감염경로 노선을 수십 번 확인했다.

현오가 완치 판정을 받고 퇴원하던 날, 나는 현오를 바로 차에 태우고 목적지도 없이 내달렸다. 분노의 감정과 일그러진 표정을 마스크로 숨길 수 있어 얼마나 다행인 줄 몰랐다. 어디까지 달렸을까. 길은 더 이상 보이지 않았다. 갓길에 차를 세웠다. 서로 고개를 외틀고 차창을 바라보았다.

"그렇게 지루했니? 일상은 마술쇼가 아니라고. 원래 덤덤하고 편안하게 흘러가는 거라고. 마술쇼처럼 짜릿한 게 아니라고. 그거 몰라?"

내 목소리는 탁하게 갈라져 나왔다. 현오는 입술을 꾹 다물고 떼지 않았다. 나도 더 이상 말을 하지 않았다. 비스듬히 기울어진 길에 차를 세워서 사이드 브레이크를 올려야 했지만 기진맥진하여 손가락 하나도 꼼짝할 수 없었다. 차라리 차가 경사 길로 끝없이 추락하기를 바랐는지도 모르겠다. 조수석에 앉아있던 현오가 "죽고 싶어?" 하며 사이드 브레이크를 올렸다.

현오 씨, 이젠 사실을 말해줄래? 사실을 알고 싶어. 먼저 자, 라고 말하던 당신의 어정쩡한 음성 뒤에 그런 거짓의 세계가 웅크리고 있었다니……. 거짓말을 비겁하게 늘어놓는 당신을 보면서 나는 우리의 관계가 희망이 없다는 것을 알았어. 나는 단지 그날 밤의 진실을 알고 싶은 거라고! 그리고 당신이 진심으로 사과를 해줬으면 좋겠어. 이건, 마술처럼 속일 수 있는 게 아니라고!

어느새 현오의 목 바로 아래까지 바닷물이 올라와 있었다. 선원은 내가 바다에 빠질까 봐 내 뒤에서 허리를 잡고 당겼다. 파도가 칠 때마다 배가 심하게 요동을 쳤다. 그럴 때마다 물이 배 안으로 들이쳤다. 선원이 나를 향해 본토 말로 크게 소리치더니 조타실 쪽으로 갔다. 다시 교신을 하러 가는 것 같았다. 배를 이동할 수도 없고, 해양 순찰어선을 기다리는 것 외에는 방법이 없었다. 이제 5분쯤 지났을까. 2분만 있으면 해양순찰어선이 도착할까? 파도는 점점 거칠어졌다. 현오의 얼굴은 얼어붙은 듯 표정이 없었다. 눈동자는 초점을 잃은 듯 몹시 흔들렸다. 그의 손에서 힘이 빠져나가고 있다는 게 느껴졌다. 눈을 한 번 질끈 감고서 그의 손을 슬며시 놓아버리면 그와는 영영 이별이다. 어쩌면 지금 이별하는 게 아이들과 내게 더 편할 수도 있어. 잘못하면 나까지 바다에 빠진다고. 그럼, 아이들은…… 무의식 저 깊은 곳에서는 어쩌면 그가 죽어 없어졌으면 하는 생각이 있었는지도 모르겠다. 그가 나를 배신한 죗값은 언제든 치러야 한다고 생각하고 있었으니까. 섬으로 여행을 오자고 한 것도, 바다낚시를 하고 싶다고 우긴 것도, 가이드 없이 우리 부부만 배에 오른 것도 모두 현오가 원한 거였다. 갑판 위에서 작은 물고기를 추에 달아 바닷속에 던져놓고는 낚싯대를 위아래로 움직이다가 뭔가 느낌이 와, 하며 몸을 일으켜 급하게 추를 잡아당긴 것도, 그러다 삐끗 몸이 쏠려 바닷속으로 빠진 것도 다 당신이 한 일이잖아. 당신이 미끄러지면서 내 몸을 덥석 잡았고 나는 본능적으로 당신의 팔목을 잡았지. 당신을 구하려고 한 몸짓은 아니었었어. 눈 깜짝할 사이에 일어난 일이었으니까. 이제 그만 당신과 이별할래. '부부'라는 말, '가족'이라는 말은 이미 찢어졌어. 그래도 애들 아빤데, 결혼 생활에서 현오를 놓아버릴 생각이지 지금 현오의 생명 줄을 완전히 놓아버리는 것은 안 되지……. 생각들이 머릿속에서 갈팡질팡 너울대고 있었다.

현오의 목은 꺾여 아래로 향해 있었다. 윤초…… 윤초의 시간이면 현오가 죽을 수도 살 수도 있는 시간이다. 현오는 마술 연습을 할 때면 내게 자주 윤초를 강조했다. 현오가 생각에 잠긴 목소리로 진지하게 말하던 순간이 떠올랐다.

"잘 봐, 마술은 말이야. 손놀림이 윤초보다 빨라야 해. 눈을 한 번 감았다 떴다 하는 시간보다도 더 빨라야 하는 거지. 그래야 관객들을 감쪽같이 속일 수 있는 거야."

"윤초보다 더 빠르려면 엄청 기술을 연마해야 되겠네. 눈을 한 번 감았다 떴다 하는 시간이면 빛이 지구를 일곱 바퀴 도는 시간이야."

"그럼, 엄청난 숙련이 필요하지. 미연아, 그거 아니? 사실은 윤초라는 거, 존재하지 않는 시간이라는 거. 지구의 자전 속도에 맞추어 시간을 인위적으로 1초를 더하거나 빼는 거잖아. 마술이라는 거는 말이야 이 존재하지 않는 시간 속으로 들어가는 거와 같은 거지. 그래서 어려운 거야."

나는 손으로 턱을 받친 채 그를 쳐다보았다. 그는 반쯤 눈을 내리깔고서는 아주 심오한 표정으로 말을 이었다.

"윤초의 시간은 엄청난 고독의 시간이지. 그 시간을 견뎌야 감쪽같은 마술을 보여줄 수 있는 거야. 사람들은 그걸 잘 모르지."

현오의 목소리가 조금 떨려 나왔다. 그러곤 한동안 입을 다물었다.

바닷물이 현오의 입술 바로 밑까지 차올랐다. 사위는 이미 캄캄했다. 밤이 되니 제법 쌀쌀했다. 물속 온도는 어떨지 가늠이 되지 않았다. 내 몸도 점점 굳어갔다. 조명 아래로 보이는 현오의 얼굴은 새파랗다 못해 검붉었다. 나는 입을 최대한 크게 벌려 그를 향해 소리쳤다.

"당신, 나를 또 속인 거 있어? 말해봐!"

목소리는 심하게 떨려 나왔다. 현오가 힘겹게 고개를 들어 나를 쳐다봤다. 그의 눈이 풀어져 있었다. 정작 묻고 싶었던 말은 그 말이 아니었다. '당신, 그날 밤, 잤어? 말해봐, 어서!' 바로 이 말을 가장 먼저 하고 싶었다. 그러나 차마 꺼내지 못했다. 당신은 감쪽같은 마술을 보여주지 못했어. 코로나만 아니었다면 감쪽같이 나를 속일 수 있었을까.

"우리 그만 끝내. 헤어지자고!"

현오의 눈에서 파란 불꽃이 타닥거리는 것 같았다. 이내 고개를 아래로 떨어뜨렸다. 내 말을 듣지 못했을까. 온몸에 힘이 하나도 남아있지 않은 것처럼 느껴졌다. 선원은 아직 선미로 돌아오지 않았다. 지금 자칫하면 둘 다 바다에 빠질 수 있었다. 해양순찰어선이 도착하기 전에 어서 현오의 손을 놓아야겠다는 결론을 내렸다. 고통스럽지만 이상하게도 다행한 기분을 느꼈다. 눈을 한 번 감았다 뜨고 나면 그와 함께한 모든 시간이 그와 함께 가라앉을 것이다. 지금쯤, 선원이 말한 7분에서 6분이 지나가고 있을 것이다. 6분 5초, 10초쯤 되었을까. 나는 눈을 질끈 감았다. 그렇지만 차마 그렇게는 할 수 없었다. 현오의 손을 이런 식으로 놓고 싶지는 않았다. 그때였다. 현오가 내 손을 힘껏 아래로 잡아당겼다. 내 몸이 바다로 내던져졌다. 내 몸이 떨어지고 있었다. 구명조끼 덕분인지 몸의 절반만 가라앉았다. 그때, 사나운 물살이 나를 감싸더니 어딘가로 휙 던졌다. 내 몸이 물에 휩쓸려가고 있다는 것을 느꼈다. 귀에 솜을 넣은 것처럼 아무 소리도 들리지 않았다. 의식을 반쯤 잃은 채 환영을 보고 있는 걸까. 다리 아래로 짙은 푸른빛이 한없이 큰 입을 벌리고 있었다. 비명을 질렀지만 거친 물살이 삼켜버렸다. 수영을 배워둘 걸. 그제야 수영을 배워두지 않은 걸 후회했다. 캄캄하다. 그날처럼 박스에 갇힌 것 같다. 손을 뻗어 박스를 툭, 툭 치면 현오가 꺼내줄 것만 같다.

*

현오가 코로나바이러스 감염증 완치 판정을 받은 뒤였다. 일요일 오후였고 종일 비가 내리고 있었다. 낮이었지만 실내가 어둑해서 전등을 켜고 있었다. 현오는 점심 식사 후에 거실에서 리모컨을 들고 뉴스 채널에서 스포츠 채널로, 스포츠 채널에서 시사 채널로 영화 채널로 홈쇼핑 채널로 쉴 새 없이 화면을 바꾸고 있었다. 나는 일부러 그릇 소리를 유난스럽게 내며 설거지를 하고 있었다. 현오에 대한 불편한 마음 때문이었다. 나와 현오는 그 사건 이후로 '밥 먹어', '응', '알았어', '아니' 같은 아주 간단한 대화만 하고 있었다. 아이들이 보지 않는 곳에선 그마저도 서로 침묵했다. 그렇지만 지인들 앞에서는 아무 일도 없었던 것처럼 행복한 가족인 척, 달콤한 부부인 척 연기를 했다. 집에만 있던 아이들이 갑갑해서인지, 엄마와 아빠 사이에 흐르는 불온한 기운을 느꼈는지 현오에게 마술을 보여달라고 보챘다. 현오는 아이들의 요청에 기다렸다는 듯이 소파에서 벌떡 일어났다. 자, 자, 이 카드를 좀 봐. 분명 아빠 손안에 카드가 있지. 현오는 손안에 든 카드를 여러 번 아이들의 눈앞에 갖다 댔다. 그가 카드가 든 손을 쥐었다 펴자 카드는 온데간데없이 사라졌다. 현오가 아들아이의 귀 뒤로 손을 뻗어 사라진 카드를 찾았다. 아이들은 발을 동동 구르며 아빠, 다른 걸로 하나 더, 하나 더 보여줘요, 했다. 자, 그럼, 박스 안에 든 엄마를 사라지게 해볼게. 현오가 진짜 마술을 보여주겠다며 내 손목과 발목을 차례대로 노끈으로 묶었다. 나는 아이들에게 실망을 주기 싫어서 가만히 있었다. 당신 정말로 할 수 있어? 나를 박스에서 탈출시킬 수 있는 거야? 내가 현오를 빤히 쳐다보며 눈으로 물었다. 박스에 작은 드라이버로 구멍 몇 개 급히 뚫었어. 다 방법이 있어. 현오가 나직하게 말하며 눈으로 나만 믿어, 할 수 있어, 하는 표정을 지어 보였다. 이어 나를 큰 플라스틱 박스 안에 집어넣었다. 나는 양수 속 태아처럼 몸을 최대한 웅크렸다. 현오는 상자를 테이프로 봉했다. 테이프를 상자에 붙이는 소리가 비명처럼 날카로웠다. 작은 구멍 속으로 형광등 불빛이 새어 들어왔다. 이윽고 박스를 얇은 담요 같은 것으로 덮는 소리가 들렸다. 순간, 암흑처럼 캄캄했다. 무섬증이 일었다. 밖에서 아이들의 목소리가 들렸다. 엄마는 어떻게 되는 거예요? 딸애의 걱정스러운 목소리가 들렸다. 아빠, 어서 보여줘요. 엄마가 어디로 사라지는 거예요? 아들아이의 들뜬 목소리도 들렸다. 어떡하나. 그냥 박스를 손으로 툭툭 치며 꺼내달라고 할까. 아니면 좀 더 기다릴까. 현오의 마술쇼는 아이들의 기대에 부응할까. 현오가 주문을 거는 소리가 들렸다. 아브라카다브라. 아브라카다브라! 얏! 근데 시간이 좀 오래 걸릴 것 같아. 오늘따라 주문이 잘 안 되네. 현오의 소리가 웅웅대며 들렸다.

　얼마나 시간이 흘렀을까……. 누가 두 손으로 목을 조르는 것 같았다. 누군가 가슴을 짓누르고 있는 것처럼 호흡이 가빠졌다. 나는 현오가 작년 결혼기념일에 사준 목걸이를 묶인 두 손으로 잡아당겼다. 얇은 줄의 목걸이는 너무나 쉽게 끊어졌다. 현오가 있는 쪽을 향해 손등으로 박스를 쳤다. 빨리 꺼내달란 말이야. 이 거짓말쟁이야! 아이들에게 들릴까 봐 작은 소리로 말했다.

현오의 그 일이 있은 뒤부터 캄캄한 상자에 갇힌 듯 가슴이 늘 답답했다. 눈만 감으면 어떤 장면이 떠올랐다. 무대의 한쪽 구석에서 마술사 복장을 한 현오가 마술쇼에 등장하는 은빛 비키니를 입은 여자의 몸 위에서 붉은 엉덩이만 내놓고서 숨을 헐떡이며 절정으로 치닫고 있었다. 더한 상상도 했다. 현오와 은빛 비키니 여자, 두 나신이 무대 위 조명 속에서 기하학적 리듬을 타며 섞이고 있었다. 비키니는 혀를 길게 빼서 날름거리고 있었고 현오는 푸하, 푸하 거친 소리를 내뿜었다. 이 거짓말쟁이야. 꺼내달란 말이야! 죽을 것 같단 말이야. 나는 다시 한번 박스를 손등으로 쳤다. 현오가 박스의 테이프를 제거하고 나를 꺼냈다. 딸애와 아들아이의 실망스런 눈초리를 마주하니 부끄러움이 밀려왔다. 현오는 담담하게 말했다. 박스가 조금 작아. 다음에 제대로 보여줄게. 나는 온몸이 저려서 침실로 가서 누웠다. 딸애가 침대로 달려와 "엄마, 아파?" 하며 물었다. 나는 잠시 눈을 뜨고선 괜찮다는 말을 하고는 이내 잠든 척했다. 눈물이 흘렀다. 캄캄한 박스에 나를 밀어 넣은 사람도 현오이지만, 구해줄 사람도 현오뿐이라는 사실 때문이었다.

그 뒤로 현오는 아이들이나 내게 다시는 마술을 보여주지 않았다.

*

셍기기에 위치한 호텔 앤 리조트에 도착한 지 3일째 되는 날이었다. 빌라들은 선셋과 선라이즈 양 방향으로 나란히 자리 잡고 있었다. 롬복 지역에 특화된 리조트형 호텔이었다. 현오와 내가 머무는 곳은 선셋을 볼 수 있는 방향의 2인용 빌라였다. 오전에는 여행사의 일정대로 해변에서 소믈리에가 진행하는 와인 쇼를 참관했고 오후에는 다이빙센터에서 스노클링을 체험했다. 늦은 오후에서야 나는 비치 타월과 태닝 로션, 챙이 넓은 모자를 들고 호텔에서 바다로 바로 연결되어 있는 비치 빌라로 갔다. 접이식 선베드에 누웠다. 저녁 식사도 거른 채 수평선 너머로 지는 노을과 별의 궤적을 오랫동안 바라봤다. 현오와 나의 관계가 스러져가는 것에 대해 생각하니 눈물이 귓등으로 흘렀다. 오늘 밤에는 현오에게 말해야만 할 것 같았다. 이제 그만 끝내자고.

룸으로 돌아오니 현오가 오늘 밤 호텔에서 투숙객을 위한 화려한 마술쇼가 있으니 관람하자고 했다. 나는 대답 대신에 냉장고에서 맥주를 꺼내 한 모금 마시며 창 밖 하늘을 쳐다보았다. 별들이 손을 내밀면 만져질 듯 가깝게 내려와 있었다.

"고산지대라서 그렇게 느껴지는 거야."

현오가 내 생각을 읽은 듯이 툭 던지듯 말했다.

"롬복에서 매지컬쇼를 보는 것도 좋지 않아? 예전 생각도 나고 말이야."

"마술쇼는 별로 보고 싶지 않아."

나는 심드렁하게 말했다. 현오가 의외라는 듯이 나를 쳐다보았다.

"나는 이제 일루션이니 매직이니 하는 것에 흥미가 없어졌어. 그거 진짜가 아니잖아. 진짜는 말이야, 지금 이 맥주 맛이 진짜지. 기가 막히게 시원해. 테라스에 앉아 짙푸른 하늘에 떠있는 별을 바라보며 맥주를 마시는 일은 사실이잖아. 당신도 여기서 시원한 맥주를 마시는 건 어때? 지금부터 우리들 진짜 이야기를 해보자고. 아무것도 가리지 않는 얼굴로, 아무런 기술도 쓰지 말고."

"마술이 왜 다 가짜야? 흥미와 상상력을 자극하는 환상적인 예술이지. 꿈의 예술이지."

현오는 얇은 재킷을 들더니 그럼, 쉬고 있어. 혼자 보고 올게, 하며 나갔다. 현오가 나간 뒤에 나는 맥주 캔 상호 로고를 손톱으로 불안스럽게 긁었다. 날카로운 소리가 룸에 가득 퍼졌다. 현오에게 헤어지자고 말할 기회를 또 놓쳐버렸다.

*

왜 하필 나야? 나는, 나는 최선을 다해 성실하게 살았단 말이야. 왜 내가 롬복의 깊은 바다로 떨어져야 하는 거지? 생은 이토록 느닷없이, 터무니없이, 비겁하게 나를 배신하고 있었다. 해양순찰어선이 도착했을까. 7분이면 도착한다고 했는데. 이미 7분이 지났을 텐데……. 나는 이미 숨이 멈춘 상태일까. 구조될 수 있을까. 현오는 어떻게 되었을까. 그가 내 손을 아래로 당긴 건 단순한 실수일까. 고의일까. 내 손을 놓아버리기 전과 놓아버린 후의 사이, 바로 그 짧은 시간 동안 현오는 무슨 생각을 했을까. 현오와 함께한 15년의 결혼 생활이 스쳐 지나갔다. 생각해보니 15년 동안의 시간이 윤초만큼 짧게 느껴졌다. 나는 우리의 결혼 생활에는 아무런 문제가 없을 줄 알았다. 현오를 처음 만났을 때부터 그를 로맨스 소설에 나오는 매력적인 남자 주인공으로만 봐왔던 것은 아닐까. 그의 일방적인 태도까지 멋있게만 보였으니까. 마술의 세계에서처럼 결혼 생활에서도 일어날 수 없는 일이 일어날 수도 있다는 것을 이제야 깨달았다. 당신, 그날 밤 그 여자와 잤어? 이 바보야, 마스크를 단 한 번도 내리지 말지 그랬어? 그런 생각들도 지금 생각하니 너무나 하찮은 얘기에 지나지 않았다. 생사의 갈림길에서 그에게 진실을 말하라고 다그친 나는 어떤 사람일까. 마술쇼를 보는 관객들은 거짓말인 줄 알면서도 유쾌하게 속아주지 않는가. 나도 그런 관객처럼 한 번쯤은 슬쩍 못 본 척 눈감아줄 수도 있었는데도 말이다. 그 일을 모르는 척 연기를 하는 기만을 부려도 되었는데 말이다. 현오의 손을 놓아버리려고 롬복까지 왔지만 어쩌면 나는 현오를 놓아버리고 싶지 않았는지도 모르겠다. 그가 내 손을 꽉 붙잡고 놓지 않기를 내심 바랐는지도 모르겠다. 어쩌면 그동안 내가 나를 속이고 있었을 수도 있겠다. 그런데 다시 새롭게 시작하자던 현오는, 나를 붙들고 싶다던 현오는 오히려 내 손을 놓아버렸다. 삶이란…… 고도의 기술로 완벽하게 관객을 속아 넘기는 마술쇼인지도 모르겠다. 그 일을 몰랐다면 나는 현오와 동네 재즈 바에서 흑맥주를 마시며 소박하게 결혼기념일 파티를 했겠지. 지금 큰 고기떼가 나를 받쳐서 해변 기슭까지 데려다주는 그런 판타지가 일어난다면 얼마나 좋을까. 머리로 피가 다 몰리는 것 같다. 만약 살아난다면, 누구나 한 번쯤은 잊지 못할 특별한 경험을 하게 된다고, 바다에 빠진 남편을 구하려다 대신 바다에 빠졌는데 마술쇼처럼 구조됐다고, 이야기를 들려주듯 말할 수 있을까. 현오가 살아남는다면 나를 어떻게 기록할까. 눈에서 뜨거운 것이 느껴졌다. 몸이 뻣뻣하게 굳어간다는 것을 느꼈다. 구조된다면 동네 문화센터에서 하는 마술 교실을 다녀도 괜찮을 거라는 생각이 들었다. 바닷물 속에서 탈출할 수 있는 기막힌 기술을 배울 수 있을지도 몰라. 아니, 지금 나는 박스 안에 갇힌 걸 거야. 저것 봐 가느다란 빛이 흘러들고 있잖아. 저건 박스에 미리 뚫어놓은 구멍으로 들어오는 형광등 불빛인 거야. 어디선가 사람들 소리가 웅웅거렸다. 곧이어 환한 불빛이 머리 위로 쏟아졌다.

내 손을 놓지 말아요

나는 늘 누군가의 손을 잡고서 잠을 잔다. 아무 손도 잡을 수 없는 경우에는 내 두 손을 맞잡고 잔다. 손을 잡고 자지 않는 밤이면 자주 악몽에 시달리거나 가위에 눌리기 때문이다. 이것은 유년 시절의 그 일이 있고 난 후부터 생긴 오랜 습관이다. 그 일은 유년의 풍경 중에 가장 잊을 수 없는 장면이고 끔찍할 정도로 무서운 사건이었다.

물살이 나를 휘감았다. 여섯 살의 나는 물의 옷을 입고 물의 모자를 쓰고 물의 신발을 신고서 어딘가로 떠내려갔다. 작고 가냘픈 몸의 내가 엄마! 엄마! 하고 소리쳤다. 으르렁으르렁, 맹수의 울부짖음 같은 물소리가 내 소리를 삼켰다. 물소리는 땅을 뒤흔들 듯 요동을 치더니 이내 낮고 섬뜩한 목소리로 내 귀에다 속삭였다. '너는 곧 애기

청소*에 가 닿게 될 거야. 매년 너처럼 어린 아이들이 물에 빠져 잠들어 있는 곳 말이야.' 할머니와 함께 징검다리를 건넜다면 물에 빠지지 않았을 텐데……

할머니와 함께 이웃 동네에 있는 할머니의 지인 집에 갔다. 할머니들의 대화는 지루했고 할머니는 자리에서 일어설 기미가 보이지 않았다. 무료해진 나는 여름 햇살이 달궈져 있는 툇마루를 피해 마당으로 나왔다. 울타리로 쳐진 아카시아 나무의 잎사귀를 몇 개 따서 잎을 하나씩 떼어 나갔다. 싫증이 나자 솜사탕처럼 떠있는 구름을 올려다보며 입맛을 다시다가 제트기가 지나가는지 자주 고개를 뒤로 젖혔다. 그래도 시간은 흐르지 않아 대문을 살그머니 열고 나왔다. 혼자 개울을 건널 작정이었다.

지난밤에 내린 비로 개울물이 갑자기 불어 있었지만 집으로 빨리 가고 싶다는 마음을 꺾지는 못했다. 매일 건너던 개울이었고, 조금 전에도 할머니와 함께 건넜던 터였다. 물살을 발로 살살 헤집으며 징검돌을 찾아 한 걸음, 한 걸음을 뗐다. 그때 싯누런 물살이 뱀처럼 혀를 날름거리며 나를 집어삼켰다.

얼마나 시간이 흘렀을까…… 코로 입으로 물살이 사정없이 들이닥

---

* 무녀도의 배경인 애기청소는 동국대 경주캠퍼스 입구 경대교의 북쪽 300m에 자리한 물웅덩이로 '명주 실꾸리 하나가 들어갈 정도로 깊다'고 기술돼 있다.

쳤다. 내 몸이 물속으로 빨려 들어가고 있다는 것을 느꼈다. 아무 소리도 들리지 않았다. 그때, 누가 내 손을 움켜잡았다. 크고 두툼한 손이 내 손을 잡고 물살을 가르며 밖으로 나왔다.

「우리들의 두 번째 롬복」을 쓰는 동안, 어린 시절 강물에 휩쓸려갔던 기억이 자주 떠올랐다. 멀리서 바라볼 때는 잔잔해 보이던 롬복 바다의 수면이 바다 한가운데에서는 날카롭게 날을 세우고 달려드는 장면을 그릴 때는 더욱 그 사건이 생각났다. 거센 물살이 음흉한 이빨을 드러내며 마치 내가 알지 못하는 어떤 세계로 끌고 가려는 듯 달려들던 순간이 되살아났다. 나도 모르게 비명을 질렀다. 죽음에 닿아 있는, 소설 속 현오와 미연의 공포심이 온몸으로 전해져 손발이 얼음장처럼 차가워졌다.

「우리들의 두 번째 롬복」은 코로나19의 풍속에다 어린 시절에 강물로 떠내려갔던 경험이 더해져서 만들어진 작품이다. 지난해에는 코로나19로 사회적 거리두기가 시행됐다. 시청에서는 매일 코로나19 확진자의 상황을 안전 안내 문자로 보내주었다. 코로나19 초기 대응 단계 때에는 확진자의 동선이 자세하게 공개됐다. 그때 어떤 부부를 상상했다. 코로나19 확진자의 동선이 공개돼서 배우자의 외도가, 배우자의 거짓말이 드러났을 상황을 생각했다. 상상은 좀 더 구체적으로 펼쳐졌다. 그 부부 중 한 사람은 결혼 생활을 다시 시작하기 위하여, 다른 한 사람은 결혼 생활을 끝내기 위하여 신혼 여행지였던 곳을 다시 찾아가는 것으로 설정했다. 극적인 장면으로 부부 중 한 사람이 바다에 빠졌을 경우를 그려봤다. 한 사람이 한 사람의 손을 붙잡고 있는 장면이었다. 신뢰가 깨진 부부가 죽음의 문턱에서 어떤 선택을 하게 될지 궁금했다. 그들은 신혼 여행지였던 롬복으로 다시 가서 금이 간 사랑을 회복할 수 있을까? 세계에서 가장 아름다운 섬 중의 하나로 꼽히는 롬복이 잠시나마 그들의 파라다이스가 될 수 있을까? 그런 질문들을 품고서 소설을 써나갔다.

삶이란 평소에는 잔잔하다가도 갑자기 거친 풍랑이 일기도 한다. 때로는 상상조차 하지 못했던 쓰나미가 몰려오기도 한다. 부부의 세계도 마찬가지일 것이다. 멀리서 보면 행복해 보이는 가정일지라도 그 문을 열고 들여다보면 배신이니 기만이니 하는 것들이 도사리고 있기도 한다. 현오와 미연 부부를 우리 삶의 축소판이라 여기며 이 소설의 끝까지 달렸다. 현오가 먼저 손을 놓을 것인지, 미연이 먼저 손을 놓을 것인지, 둘 다 동시에 손을 놓을 것인지를 설정할 때에는 머리 밑에 땀이 배어나올 정도로 긴장했다. 누가 누구를 기만하고 있는지를 생각하며 묘한 흥분 속에서 이 소설을 마무리했다. 누가 먼저 손을 놓았는지, 고의였는지 아니었는지는 독자의 상상에 맡기겠다.

잡고 있는 손을 일부러 놓지 않는 한 현오와 미연에게 희망은 있는 거니까.

이 소설의 마지막 문장을 쓴 후에 잠깐 책상 위에 엎드려 잠이 들었다. 나는 방파제 근처를 걷고 있었다. 갑자기 큰 파도가 일더니 표면을 오톨도톨하게 구워낸 커다란 빵 같은 형체를 만들었다가 순식간에 모양을 일그러뜨리더니 하늘을 덮어버릴 듯 솟구쳤다. 나는 파도 속으로 빨려 들어갔다. 어디선가 위험해! 내 손을 잡아요, 하는 소리가 들려왔다. 나는 팔을 들어 올리며 소리쳤다. 내 손을 놓지 말아요! 제발. 꿈속에서 소리친 이 말은 삶의 파도가 나를 덮칠 때마다 내가 나에게 구원처럼 던진 말이었다. 또한 다른 사람이 힘든 일을 겪을 때마다 내가 소리 내어 한 말이기도 했다.

방금 「우리들의 두 번째 롬복」 원고를 편집자에게 보냈다. 시간은 어느새 자정을 지나고 있었다. 작품을 편집자에게 보내고 난 뒤에는 언제나 마음이 복잡했다. 글을 써서 발표할 때마다 나타나는 증후군인 셈이었다. 침실로 가 누웠지만 쉽게 잠이 오지 않았다. 애써 쓴 작품이지만 누구의 마음에도 가닿지 못하고 표류하지는 않을까, 하는 불안이 밀려왔다. 쉼 없이 썼지만 끝내 독자들에게 가닿지 못하고 놓아버린 작품들도 떠올랐다. 심호흡을 하며 억지로 눈을 감았다. 그때 크고 두툼한 손이 내게 손을 내밀었다. 여섯 살 어린 나에게 내밀던 그 손이었다. '그런 걱정은 하지 마. 마음을 다했다면 그것으로 됐어!' 그 두툼한 손이 이렇게 부드럽게 말해주었다. 나는 그 손을 단단하게 움켜잡았다. 이 손을 잡고 걸어가면 도착지까지 무사히 갈 수 있을 것이다. 소설을 쓰고 있는 한, 이 손을 절대 놓지 않을 거라는 다짐을 하면서.

다시 잠을 청해본다. 창으로 별빛이 가만가만 내려앉는 소리를 어슴푸레 듣는다.

기요틴의
노래

박지음

2014년 영남일보 신인문학상을 받으며 작
품 활동을 시작했다. 2018년 아르코문학창
작기금을 수혜했다. 소설집 『네바 강가에서
우리는』이 있다.

감옥 문을 열고 들어가자 족쇄를 찬 사내들이 보인다. 침상 바닥에 고정된 족쇄는 열 명의 사내들을 한꺼번에 묶을 수 있게 한 줄로 설치돼 있다. 사내들은 한쪽 발은 쇠에 결박되어 있고 다른 발은 무릎을 접은 채로 앉아 있다. 밀랍으로 주조된 눈동자가 우연인 듯 정은을 향해 있다. 건드리면 비명을 지를 것 같은 상처투성이 육체는 정교한 인물 모형이다.

관람객은 사내들의 결박된 다리를 보고 휠체어에 얹어진 정은의 다리를 본다. 관람객의 시선에 묶인 정은은 때아닌 한기를 느낀다. 곁눈질은 '괴물의 입'이라고 불렸다는 호아로 수용소의 둥근 아치를 통과할 때부터 야물게 따라붙었다. 잡혀 들어가면 고문 끝에 죽어야 나올 수 있어서 베트남 사람들에게 그렇게 불렀다고. 일행을 인솔하는 가이드가 하는 말을 정은은 주워듣는다. 호아로 수용소를 채우고 있는 사람들은 대부분 한국인 관광객이다. 그들은 정은을 전시된 독립운동가 모형보다 기이하게 바라본다. 아픈 여자가 왜 여기까지 왔을까. 자기들끼리 수군거리는 소리도 등 뒤에서 들린다. 요즘 다들 살 만해졌어. 정은은 온몸의 모공이 입을 열고 비명을 지르는 것처럼 바짝 곤두선다. 다리가 불편하면 소리도 못 듣는다고 생각하는지, 습도 높은 더위를 휘감고도 모골이 송연하다. 소리에 예민해 다른 이가 내는 웃음소리나 한숨도 다 정은을 향한 것만 같다. 관람하러 와서 관람을 당하는 기분은 숨막히는 모멸감을 준다. 정은은 오지 말았어야 한다는 늦은 후회와 체념에 숨고 싶다. 정은은 턱에 걸어두었던 마스크를 끌어 올려 눈 밑까지 가린다.

남편이 어금니를 물고 힘쓰는 게 정은의 몸에 느껴진다. 작은 턱에 바퀴가 걸려 매끄럽게 넘어가지 않는다. 정은은 그 느낌을 안다. 양손아귀에 힘을 주고 장애물을 넘어가는 느낌. 십 년이 넘는 시간 동안 정은이 딸의 등을 밀었던 느낌은 좀처럼 지워지지 않는다. 남편이 턱을 넘자 정은의 몸이 앞뒤로 흔들린다.

정은은 고난을 재현해놓은 모형들과 하나씩 눈을 마주친다. 정은은 인물 모형 안에 잠들어 있는 독립운동가들을 동정한다. 저들은 발이 묶인 채 밤새 어떤 꿈을 함께 꾸었을까? 나라의 독립 같은 하나의 꿈만 꾸었다는 게 더 잔인하지 않았을까? 매일 고문과 죽음이 난무하던 침상에서. 정은은 관람객의 곁눈질에 신물이 나서 되는대로 모형을 뜯어보다가 남편에게 말을 건넨다.

"힘들면 그냥 나갈까? 당신, 독립운동하러 온 사람 같아."

남편이 어깨에 힘을 주고 민다. 뭘 봐도 뭘 먹어도 남들의 시선에서는 자유롭지 않다. 관람객이 정은을 보는 시선 때문에 정은에게는 베트남의 기후가 남들보다 5도는 올라간 것처럼 뜨겁다. 정은을 밀고 있는 남편의 체감온도는 10도가 더 높을지도 모른다. 남편의 대답이 없자 정은은 몸을 뒤로 돌린다.

"무슨 말이야. 다낭에서 하노이까지 비행기를 타고 왔는데. 다 보고 가야지."

남편은 담담한 표정으로 대꾸하고 시선을 피한다.

다낭의 대표 명소인 바나힐은 케이블카를 타러 가는 구간이 휠체어를 끌고 가기에 버거울 것 같아 포기했다. 오행산도 오르는 길이 가팔라서 갈 수 없었다. 정은은 바닷가를 산책하거나 풀장에서 노는 남편을 지켜봤다. 두 사람은 서로의 얼굴을 바라보다가 무료함에 어디든 가고 싶었다. 하노이에 가보자고 제안한 것은 남편이었다. 비행기로 한 시간 반 거리이니, 저녁때면 돌아올 수 있을 것 같았다. 하노이의 가볼 만한 명소를 검색하자 첫 번째로 호아로 수용소가 나왔다.

"저 사람들, 족쇄에 결박당해 있어. 화장실은 어떻게 갔을까."

정은은 남편의 얼굴을 힐끗 본다. 남편은 머리칼이 젖은 채 이마에 달라붙어 있고, 얼굴은 고구마처럼 붉다. 밭은 숨을 내뱉느라 남편이 낀 안경이 입김에 흐려졌다 맑아지기를 반복한다. 남편은 지치고 화난 사람처럼 대꾸하지 않는다. 정은은 입을 다물고 독립운동가들을 지나친다. 바닥에 두 다리가 결박된 독립운동가가 갇힌 독방은 한숨 돌릴 겨를 없이 지나간다. 다음 방에 이르렀을 때, 남편은 잠시 숨을 고르려고 정은에게서 멀어진다.

"화장실 다녀올게. 당신이 말하니까, 마렵네."

정은의 눈앞에 괴수가 서 있다.

그 순간, 정은을 깨물던 주변의 소리가 사라진다. 적막과 고요를 넘어선 노이즈 캔슬링의 공간. 안도감과 공포를 동시에 느낀 정은은 심장이 일렁인다. 소리를 삼킨 공간에 괴수와 정은만이 마주하고 있다. 정은은 괴수의 몸을 눈으로 훑는다. 두 개의 나무 사이에 비스듬히 걸린 칼날이 곧 떨어질 것처럼 아슬아슬하다. 긴 줄이 바닥까지 이어져 있다. 허리 높이의 정면에는 오목한 그릇이 있고, 반대쪽에는 사람 몸통 길이의 널판이 있다. 검은색에 가까운 진한 갈색은 짓이겨지고 으깨진 영혼이 스며들어 만들어진 색이다. 끔찍한 괴성을 지르며 잘렸을 목. 덩그러니 머리가 담겨 있었을, 오목한 그 공간. 어디선가 음습한 바람이 밀려온다. 피비린내가 정은의 콧속으로 들어온다. 선명하다 못해 검붉게 말라버린 그것은 지독한 악취를 풍긴다. 분칠하듯 몇 겹의 피로 덕지덕지 발려 나무의 결 사이로 스민 악취. 죽음을 먹기 위해 움직이는 기계. 과거의 영광을 아쉬워하듯 녹슨 혓바닥이 날름거린다.

기요틴.

파리의 광장에나 어울릴 법한 물건이 동남아시아 작은 나라, 수용소에 있다. 족쇄를 차고 있던 사내들이 줄을 맞춰 머리를 집어넣는다. 당겼던 칼날을 놓는 순간 목이 잘린다. 잘린 머리가 도르륵 굴러 정은의 발치에 걸린다. 잘린 머리가 눈을 뜬 채 정은을 바라본다. 다음은 너야. 잘린 머리가 소리 없이 입술로 말한다. 정은은 줄 끝에 서 있다가 머리를 집어넣고 싶어 바퀴를 굴린다. 사슬로 만든 테두리에 걸려 바퀴가 멈춘다. 쇠가 부딪치는 소리에 정은을 둘러싸고 있던 적막이 깨진다. 정은은 벌떡 일어서고 싶어 양발에 힘을 주지만, 감각이 없다. 쇳소리가 사슬이 아닌 기요틴에서 들리는 것 같아 정은은 기요틴을 올려다본다. 칼날이 추락하면서 들리는 소리 같다.

"죄수들의 고통을 줄여주려고 만든 거래."

등 뒤에서 남편의 목소리가 들린다. 마법이 풀린 것처럼 주변의 잡음이 살아난다.

"죄책감을 덜려고 만든 게 아니고?"

정은의 물음에 남편은 말을 고르는 듯 뜸을 들이다가 다른 생각에 빠진 사람처럼 멍해진다. 남편이 침울하게 중얼거린다.

"그만, 리조트로 돌아가자."

공항에서 남편과 정은을 기다리고 있던 운전기사가 차 문과 트렁크를 열어준다. 남편은 정은을 안아 뒷좌석에 태우고 휠체어를 접어서 트렁크에 싣는다. 차가 출발하자마자 남편은 곤하게 잠이 든다. 가늘게 코 고는 소리가 들린다. 리조트까지 가는 거리는 한적하다. 간혹 차 옆을 지나는 현지인들은 오토바이를 타고 마스크를 쓴 채 길을 재촉하며 모습을 감춘다. 관광객을 위해 조잡하고 환한 불을 밝힌 해산물 식당은 빈 테이블들만 놓여 있다. 오지 않는 손님을 기다리는 식당 주인이 오만상을 찡그리며 팔을 휘젓는다. 대형 마사지숍과 네일숍의 투명한 창에 비치는 것은 빈 의자들이다.

12월에 발병한 코로나로 모두가 예약을 취소한 여행이었다. 그래서 정은은 2월의 이 여행을 반겼다.

남편과 정은이 리조트에 처음 도착했을 때, 리조트는 한산했다. 남편과 정은을 제외하고 보이는 손님은 중국인 가족뿐이었다. 중국인 가족은 조부모와 손자까지 대가족이었고, 장기 투숙객처럼 보였다. 그들은 로비로 들어서는 정은을 대놓고 쳐다보면서 자기들의 언어로 떠들었다. 정은은 마스크를 남편에게 건네며 그들을 피했다. 다낭은 한국인이 많이 찾는 휴양지였지만, 리조트에 한국인은 남편과 정은밖에 없었다. 정은은 저녁을 먹으러 레스토랑에 갔다가 중국인들에게서 바이러스가 옮을까 봐 전전긍긍했다. 무대 위의 가수가 호응도 박수도 받지 못하고 청승맞게 노래를 불렀다. 흥이 떨어진 가수는 중국인 노인에게 말을 걸었지만, 대답을 듣지 못했다. 가수는 정은이 앉아 있는 모양을 보더니 어디서 왔냐고 묻지 않았다. 없는 사람을 대하듯. 정은은 그녀가 물어볼 때까지 빤히 쳐다봤다.

"둘이 왔나요? 아이는 없나요?"

정은의 시선을 받은 가수가 넉살 좋게 물었다.

"딸이 있어요."

정은이 대답하자 가수가 딸을 눈으로 찾으며 물었다.

"어디요?"

"여기 있잖아요."

비어 있는 자리를 정은이 가리키자 그녀의 얼굴이 굳어졌다. 다음 순간 그녀는 '조크?'라고 묻더니 재미있는 농담을 들은 것처럼 쾌활하게 웃었다. 남편과 정은이 따라 웃지 않고 그녀를 쳐다봤다. 중국인들이 자기들끼리 수군거리기 시작했다. 가수는 더는 노래를 부르지 않았고 팁도 받지 못하고 퇴장했다. 레스토랑의 분위기는 찬물을 끼얹은 것처럼 어색해졌다. 중국인들과 정은은 서로를 쳐다보느라 물도 편하게 넘기지 못했다. 쥐 죽은 듯이 고요하던 공기를 가르는 비명이 들렸다. 중국인 손자들이 레스토랑 테이블을 돌면서 술래잡기를 시작했다.

  하노이에서 기요틴을 보고 온 날에는 중국인 가족들마저 보이지 않는다. 전염병을 피해 중국을 떠나온 것처럼 보였는데, 체크아웃했는지 요란하게 떠들던 중국어가 들리지 않는다. 손자 아이들이 뛰면서 지르던 함성조차 없다. 어쩌면 중국인들이 한국인을 피했던 건지도 모른다. 남편은 돌아오는 차에서 쉰 후라 기운이 나는지 정은을 가뿐히 들어 휠체어에 앉힌다. 로비의 직원은 한국말과 영어를 섞어가며 어디에 다녀왔냐고 묻고 정은과 남편의 체온을 잰다. 남편이 산책 겸 걷자고 말한다. 그는 리조트 안에서 이동시켜주는 트레일러를 타지 않고 휠체어를 민다. 정은과 남편은 색색의 호이안 등불이 켜진 다리를 건넌다. 적막하다. 호수도 호이안 등불도 열대 나무들까지도 소리를 삼키고 있는 것처럼. 남편의 밭은 숨소리만 적막에 작은 균열을 낸다.

"바닷가에 가고 싶어."

정은은 불 꺼진 2층 건물들을 올려다보다가 말한다. 2층짜리 풀빌라는 대리석으로 깔린 바닥과 세 개의 욕실과 샤워실, 네 개의 방이 지나치게 컸다.

정은은 뭔가가 튀어나올까 봐 텔레비전을 크게 틀어놓고 지냈다. 남편은 2층을 보여주겠다면서 단 한 번 정은을 안고 계단을 올라갔었다. 킹사이즈 침대와 테라스가 있었다. 2층에서 자면 전망이 좋겠다. 남편은 중얼거리다가 정은을 의식하고 입을 다물었다.

정은은 풀빌라에 들어가면 다시 적막을 견뎌야 할 것 같아서 해변으로 가서 파도 소리라도 듣고 싶다.

"나는 좀 피곤해. 하노이까지 다녀왔잖아. 비행기만 왕복 세 시간이야. 공항에서 대기하는 시간을 계산 못 했어. 진짜 피곤해 죽겠어. 바다는 어제도 갔었잖아."

남편이 투덜거린다. 정은은 어제의 그 바다를 눈앞에 떠올린다. 파도가 밀려오는 바다는 싱그러웠다. 물비늘이 반짝이자 눈이 부셨고 문득 살아 있다는 생각이 들었다. 이렇게 좋아도 되는지 마음 한편이 무너지면서도 소금기 섞인 훈풍에 몸이 들떴다. 정은은 어제의 바다를 그려보며 아련하게 말한다.

"통버이를 타고 그물 던지는 어부를 봤었지."

전날 아침에 정은과 남편은 해변 길을 따라 산책했다. 바닷가에 도착하자 백사장이 펼쳐져 있었다. 휠체어 바퀴가 모래에 빠지면 구르지 않기 때문에 남편은 정은을 업고 바닷가를 걸었다. 베트남 전통배인 통버이가 보였다. 남편은 통버이를 타보고 싶었는지 정은을 모래사장에 내려놓았다. 남편은 바닷가로 가서 어부와 어부의 아이가 타고 있는 통버이를 바라보았다. 어부가 손을 흔들었다. 코코넛으로 만든 바구니 배는 뒤집힐 것처럼 흔들렸다. 팔다리가 새까맣게 탄 어부와 어부의 아이가 노를 저었다. 파도가 칠 때마다 통버이는 뭍으로 밀리는 것처럼 보였고 뒤집힐 것처럼 아슬아슬했다.

잠시 후 그들은 그물을 던졌다. 전날 던져놓은 그물인 줄도 모른다. 정은은 바닷물과 한참 떨어진 백사장에 앉아 있어서 자세히 보이지 않았다. 남편만이 가까이 가서 관찰했다. 노를 저어 바닷가로 돌아온 어부와 어부의 아이는 있는 힘껏 그물을 당겼다. 아이의 몸이 활처럼 휘면서 용쓰는 게 보였다. 남편도 그들과 같이 그물을 당겼다. 어부는 잠시 후 그물에서 물고기를 꺼내 양동이에 넣었다. 어부와 어부의 아이는 몸이 젖어 있었다. 그들은 흰 이를 드러내며 웃었다. 그 모습이 평화로워 정은은 잠시 눈을 감았다가 떴다. 어부와 어부의 아이는 양동이를 들고 반대편을 향해 걸어가고 통버이만 남아 있었다. 남편이 정은을 향해 뛰어오는 것이 보였다. 물고기 좀 잡았어? 정은이 다가오는 남편에게 물었지만, 그는 대답하지 않았다. 남들 옆에서 행복해하던 것을 들킨 사람처럼 얼굴을 붉혔다.

"너무 피곤해. 습도가 높아서 그런지 금방 힘이 빠져. 피곤해 죽겠어."

전날의 남편 모습을 지우며 오늘의 남편이 쌀쌀맞은 투로 대꾸한다. 남편이 휠체어 밀기를 멈추고 길가에 주저앉는다. 남편은 한쪽 다리를 접어 무릎에 얼굴을 괴고 반대쪽 다리는 바닥에서 구부린다. 슬리퍼가 벗겨진 남편의 발바닥이 정은을 행해 드러난다. 굳은살이 박이고 껍질이 벗겨진 뒤꿈치. 세상의 땅을 골고루 밟아봐서 해외여행은 원이 없다고 말했던가.

정은은 한 번도 땅을 밟아보지 못한 딸의 뒤꿈치가 떠오른다.

걸음마조차 하지 못하고 굳어진 딸의 두 다리는 가늘었고, 인공와우를 낀 귀를 의식적으로 기울였다. 정은은 딸의 뒤꿈치에 볼을 비비며 딸을 위해 담대해지자고 마음먹었다. 그때 정은은 딸을 위해 길을 만들어주고 싶었다. 입학 시험에 합격한 중학교는 명문이었다. 학구열이 높은 만큼 시설이 좋았는데, 장애인을 위한 휠체어 경사로가 없었다. 휠체어를 탄 학생이 이 학교에 들어오는 것은 처음이라고 했다. 학교 측에서는 다른 학교를 권했다. 정은은 단호하게 말했다. 우리 딸은 머리가 좋아요. 몸이 불편할 뿐이에요. 학교 측에서는 학부모들도 달가워하지 않는다는 언질을 주었다. 정은은 길을 만들기 위해 교육청에 투서를 넣었다. 딸을 데리고 교육청 앞에서 시위했다.

"너를 위해서야. 네가 다니는 학교에 네가 다닐 수 있는 길을 만드는 일이야."

비가 내리는 날이었다. 딸을 위해 싸운다는 생각에 정은은 의욕이 넘쳤다. 저 엄마가 저런 사람이었구나. 딸을 위해 대단한 희생을 하고 있어. 정은이 시위할 때 주변에서 이런 말을 했다. 정은은 십수 년 동안 야릇한 시선만 받아오다가 우호적인 시선을 받자 힘이 났다. 늘 구석만 찾아다니는 삶을 살았고, 편견의 시선에 찔려 달팽이처럼 진액을 쏟으며 오므라들어 있었다. 그러나 휠체어 경사로를 만드는 일에 나서자 위대한 모성이라는 말까지 들었다. 간혹, 구석에 쪼그리고 있어. 기어 나오지 마. 누가 그런 자식 낳으래? 같은 말을 중학교 학부모들에게 들었지만 겁나지 않았다. 이 일을 해내면 딸을 위해 뭐든지 할 수 있을 것 같았다. 딸에게 더 나은 미래를 만들어 줄 수 있을 것 같은 자신감이 들었다. 시위를 끝내고 돌아오는 길에 정은은 딸에게 말했다.

"네 소원을 이루어줄 거야."

"엄마, 내 소원은 그 학교에 들어가는 게 아니에요. 날 받아주는 곳으로 마음 편하게 다니고 싶어요. 내 소원은 그냥, 비행기를 한번 타보는 거예요."

비를 맞은 딸은 몸을 후들후들 떨며 앉아 있었다. 정은은 딸을 바라보며 마음속으로 중얼거렸다. 너와 함께 비행기를 탈 수 있을까. 너와 함께 세상의 땅을 밟으면 내 뒤꿈치가 다 닳아도 좋으련만. 너한테 보여주고 싶은 세상이 너무나 많은데. 정은은 딸이 태어나고 나서 비행기를 탈 엄두를 내지 못했다. 딸이 어릴 때는 상태가 급격히 나빠질까 봐, 다른 병이 옮을까 봐, 낯선 곳에서 잘못될까 봐, 마음을 졸였다. 딸이 자란 지금은 가능할까. 정은은 하늘로 고개를 돌렸다. 비행기가 날아가고 있었다. 딸이 태어나기 전에는 일 년에 한 번은 해외로 휴가를 다녔었다. 그 순간 정은은 딸에게 미안한 마음이 들면서도, 딸로 인해 결박되어 버린 삶이 아쉬워 멀리 떠나고 싶었다. 몇 주간 몸에 들었던 자신감이 빠져나가고 정은은 다시 초라한 아픈 아이의 엄마로 돌아왔다. 딸은 왜 이런 말을 해서 힘을 빼놓을까.

정은은 진심으로 딸이 태어나지 않았던 시간으로 돌아가고 싶었다.

풀빌라로 들어선 남편은 거실에 정은을 두고 옷을 다 벗어젖힌다.

속옷까지 벗어 던지고 수영장으로 뛰어간다. 긴장감으로 엉덩이에 힘이 들어간 채다. 젊다. 정은이 저 몸을 받아낸 게 삼 년 전이다. 딸이 죽고 나서 남편은 정은을 여자로 대하지 않았다. 소변 마려워. 정은은 남편의 등에 대고 외친다. 물속으로 뛰어드는 소리가 요란하다. 시원해. 들어올래? 남편이 소리 지르고 잠수한다. 대답을 들으려고 물은 게 아니다. 언젠가 남편은 '당신 잘못이 아니라고' 말했던가. 그때도 남편은 정은의 말을 듣지 않았다.

"당신 잘못이 아니야."

정신과 의사 앞에서 남편이 말했다.

"그러니까 어서 일어나 걸어봐."

남편은 의사가 시키는 대로 정은에게 말했다.

"당신이 신인 줄 알아? 일어나 걸으라면 털고 일어날 수 있다고 생각하는 거야?"

남편은 정은의 말을 듣지 않고 자리를 피했다.

"딸이 죽은 것을 시원해하는지도 몰라요."

정은이 망설이다가 의사에게 말했다. 의사가 마땅치 않은 얼굴로 정은을 외면했다.

"환자분께서 마음을 열어야 합니다."

그날 의사는 전보다 약을 늘려서 처방했다. 정은은 속을 함부로 털어놓지 말고 입을 다물어야겠다고 생각했다.

"소변이 급하다고!"

정은은 풀장에 있는 남편을 향해 외친다. 반응이 없자 정은은 화장실로 바퀴를 굴린다. 변기 옆에 안전바가 있다. 그것을 잡고 몸을 옮겨 변기에 앉는다. 팔목이 욱신거린다. 밖에서는 남편이 물을 첨벙거린다. 물소리에 요의가 급하다. 낯선 손이 방광을 움켜쥔 듯 아랫배가 조인다. 정은은 몸을 비틀며 바지를 내리다가 소변을 지린다. 소변은 줄줄 나오기 시작해서 바지를 적시고 바닥에 흐른다. 정은은 골반을 비틀어 바지를 벗으려 한다. 정은은 남편에게 퍼붓고 싶다. 호아로 수용소에서도 자신은 화장실에 가면서 정은에게는 묻지 않았다. 정은은 참았다가 공항에서 화장실에 들렀다. 정은은 뱀가죽처럼 달라붙은 바지를 잡아당긴다.

왜 내 말은 안 들어. 풀장에서 첨벙거리는 소리가 들린다. 여보 출출하지 않아? 남편이 풀장에서 외친다. 정은은 상체를 숙이고 발목에서 바지를 끌어당긴다. 여보! 여보! 어디 있어? 쿵, 소리와 함께 정은은 머리를 욕실 바닥에 박는다. 남편이 화장실 문을 열고 들어온다. 벌거벗은 남편 몸에서 물방울이 떨어진다.

"그러게, 내가 내 말 좀 들으라고 했잖아. 이게 뭐야."

정은이 남편을 노려본다. 리조트 밖의 적막이 둘 사이에 흐른다.

"치욕스러워. 이렇게 사는 거."

남편이 정은을 앉히고 바지를 벗긴다. 딸도 가끔 소변 실수를 했다. 정은은 딸의 아랫도리를 씻기면서 지긋지긋하다고 생각했다. 왜 자꾸 실수하는 거야. 다 큰 애가. 미리 좀 엄마를 부르거나 용변을 보러 오면 안 되는 거니? 딸의 몸이 계속 자라 무게가 나가는데, 정은은 나이 먹을수록 힘이 빠졌다. 허리가 아팠고 손목이 시렸다. 정은은 딸이 부끄러울 거라는 생각은 하지 못했다. 딸은 어릴 적부터 정은의 손으로 용변 처리를 했었으니까. 딸이니까.

지독한 악취가 정은의 콧속으로 밀고 들어온다. 정은은 바지와 함께 벗겨진 팬티를 본다. 진녹색 변이 묻어 있다. 남편은 코를 막고 고개를 돌린다. 남편의 목울대가 구토하듯 출렁인다. 냉방기의 차디찬 기운이 벌거벗은 정은의 몸을 핥는다. 정은은 사시나무 떨듯 몸을 떨며 운다.

"너를 위해 온 여행이야. 전염병을 뚫고."

남편은 정은을 물건처럼 들어 욕조에 던지듯 넣고 물을 튼다. 남편이 넌덜머리 난 듯 말을 쏘아붙인다.

"넌 그냥 이렇게 살고 싶은 거지? 베트남 오더니 왜 이렇게 불평이 많아졌어? 옆에 있는 사람 질리게."

남편은 정은을 씻기고 옷을 입힌 다음 2층으로 올라가버린다. 정은은 휠체어에 앉아서 거실 창을 본다. 2월의 베트남은 아침저녁으로 서늘하다. 낮에는 해가 뜨거워서 얼굴이 홧홧해진다. 남편은 리조트에 온 첫날 풀장에 뛰어들어가 보고는 말했다. 물이 너무 차가워. 널 위해 풀빌라를 잡았는데. 너는 들어오면 감기 걸리겠다. 남편은 엉덩이까지 땀에 젖어 있는 정은을 두고 풀장에서 나오지 않았다. 에어컨이라도 틀어줘. 정은이 부탁했지만 들리지 않는 것 같았다.

남편은 2층에서 내려올 생각을 하지 않는다. 풀장에 조명이 켜져 있어서 찰랑이는 물이 보이고, 야자나무와 열대 식물들이 보인다. 정은은 시끄럽게 틀어놨던 텔레비전을 끈다. 순식간에 적막이 몰려온다. 정은이 묵는 풀빌라는 개울을 사이에 두고 건너에 다른 풀빌라가 보이는 구조다. 개울 건너에 있는 풀빌라들의 불이 모두 꺼져 있다. 바람이 열대 식물들을 흔든다. 정은은 답답한 마음에 풀장으로 나가는 문을 연다. 데크가 있고, 라탄 테이블과 의자가 놓여 있다. 중간 크기의 야자나무가 풀장과 경계를 나누듯 서 있다. 정은은 바퀴를 굴리고 나간다. 밖으로 나오자마자 날카로운 비명이 들린다. 적막을 예상했던 정은은 몸을 움츠린다. 새소리 같기도 하다. 저렇게 우는 새가 있나? 정은은 소리 나는 쪽으로 귀를 기울인다. 건물 밖은 에어컨이 켜져 있는 안보다 습하다. 서늘한 바람이 불지만 피부가 꿉꿉해진다. 소리가 다시 들린다. 비명일까? 정은은 중얼거린다. 다른 관광객이 바닷가 쪽 빌라에 묵고 있을지도 모를 일이다. 바닷가 쪽에는 중앙 수영장이 있고 단층 빌라가 있다. 비명이면 구해달라는 신호일지도 모른다. 정은은 길게 이어진 데크를 따라 바퀴를 굴린다. 데크 끝에 이르자 열대 나무로 만들어진 경계 사이에 철문이 있다. 정은이 철문을 밀자 허술하게 열린다. 거실 창을 잘 잠가야지. 정은은 문밖으로 바퀴를 굴리며 중얼거린다. 그때 다시 소리가 들린다. 소리는 바다 쪽에서 들린다. 여보? 정은이 문 안을 향해 외쳤지만 2층에 있는 남편은 반응이 없다. 내가 없어져봐야 나를 찾으러 돌아다니겠지. 정은은 자신이 다가가지 못하게 2층으로 올라가 버린 남편에게 소심한 복수를 하고 싶다. 다시 소리가 들린다. 정은은 길을 따라 바퀴를 굴린다. 전동 휠체어를 가져왔어야 한다고 정은은 후회한다. 딸이 사용하던 전동 휠체어를 정은이 탔다. 외국까지 가져오기에는 부담스럽다고 남편이 말렸다. 비행기 화물칸에서 고장이 나면 고치는 데 애를 먹는다고. 자신이 잘 밀고 다닐 테니 걱정하지 말라고. 그 약속이 사흘을 못 갔다. 정은은 십 년을 넘게 했던 일이다. 정은은 남편을 생각할수록 명치가 끓어오른다.

시간이 지날수록 정은은 휠체어 바퀴를 굴리느라 숨이 막히고 팔이 저리다. 정은은 풀빌라로 돌아갈까 망설인다. 비명 같은 소리가 다시 들린다. 마치 정은을 부르는 것처럼.

바닷가에 도착했을 때, 어제는 보이지 않던 것이 있다. 짚으로 만든 해 가림막을 지나, 파도가 밀려오는 곳 가까이에 서 있는 그것.

기요틴!

호아로 수용소에서 봤던 기요틴을 일부러 설치해놓았을 리가 없다고 생각한 정은은 고개를 갸웃한다. 정은은 그녀를 매놓은 것인가 싶어 눈을 크게 뜨고 본다.

기다란 두 개의 장대와 그 사이의 칼날. 긴 줄.

정은은 바닷가에 있는 단층 빌라들을 눈으로 훑는다. 모두 불이 꺼져 있다. 바닷가까지 오는 길목에 있던 빌라들도 빈집이었다. 정은은 주머니를 뒤진다. 휴대폰이 없다. 소리가 다시 들린다. 기요틴에서. 정은은 눈을 질끈 감았다가 뜬다. 기요틴 옆에 통버이가 흔들리고 있다. 통버이에 누군가 있다. 정은은 소리를 지르며 손을 흔든다. 헬프 미. 정은은 모래사장 앞에서 멈추어 선 채 외친다. 통버이에 있던 사람이 돌아앉아 얼굴을 보인다. 어부의 아이다. 왜 아이가 이 밤에 혼자 나와 있을까. 주변을 둘러보지만, 어부는 보이지 않는다. 통버이가 서서히 떠밀려간다. 아이는 노를 젓지 않는다. 뒤집힐 것처럼 흔들리는 통버이에서 아이가 손짓한다. 정은은 주변을 둘러보며 소리친다. 살려주세요. 리조트의 텅 빈 어둠을 흔들며 메아리가 울린다. 살려주세요. 빈 빌라들의 창은 꿈쩍하지 않는다.

정은은 급한 마음에 모래사장으로 바퀴를 굴리고 들어간다. 바퀴는 진창에 빠지듯 모래에 박혀 헛바퀴질만 하고 앞으로 나아가지 않는다. 아이가 탄 통버이가 더 멀어진다. 정은은 몸을 모랫바닥으로 던진다. 정은의 몸무게에 휠체어도 앞으로 거꾸러진다. 휠체어는 모래에 처박힌 꼴이 된다. 손에 잡히는 모래는 부드럽고 차갑다. 정은은 모랫바닥을 기어서 아이가 손짓하는 곳, 통버이가 있는 곳, 기요틴이 있는 곳을 향해 간다.

한참을 기어간 후 뒤를 돌아본다. 어른 걸음으로 열 걸음이나 왔을까. 정은은 몸이 땀투성이다. 땀이 난 몸에 모래가 달라붙는다. 눈으로 코로 입으로 모래가 들어온다. 정은이 고개를 들었을 때 배는 멀어져 있다. 배 위에 있던 아이의 모습은 보이지 않는다. 정은은 애가 탄다. 그러다 정은은 목소리가 나오지 않는다는 것을 깨닫는다. 정은의 목소리가 사라진 것이다. 정은은 비명을 질러본다. 아무 소리도 나오지 않는다. 그때 조명이 켜지듯 기요틴에 달빛이 비친다. 정은은 뒤를 돌아본다. 뒤집힌 휠체어가 있다.

딸은 학교 옥상에서 몸을 던졌다.

옥상 난간 근처에 휠체어가 넘어져 있었고, 그 옆에 억지로 뜯어낸 인공와우가 떨어져 있었다고. 딸은 수업 시간에 자리를 비웠다고. 딸이 옥상에서 떨어지고 나서야 학생들과 선생은 딸이 자신들의 옆에 없다는 것을 알아차렸다.

딸이 죽고 난 후, 정은은 딸의 일기장을 보고 나서 알게 되었다. 정은과 딸이 교육청 앞에서 시위할 때, 딸의 사진이 찍혔던 것을. 딸이 SNS에서 악성 댓글에 시달리기 시작했다는 것을. 딸이 휠체어 경사로를 따라 등교하기 시작하고부터는, 선생들과 반 아이들이 없는 사람 취급을 했다는 것을. 그들은 혐오와 차별을 하지 않았다. 유령처럼 투명해지게 배제했다. 얼굴을 가린 사이버 세상에서는 무차별 공격을 퍼부었다.

정은에게 만족감을 줬던 '딸을 지키는 엄마' 타이틀이 딸에게는 공개적 형벌의 의미였다. 정은이 옳다고 믿었던 의미와 전혀 다른 의미로, 사이버 세상에서 딸은 매일 처형당했다.

"알면서도 모른 척했던 거 아니야? 장애인 단체에 특강 하러 다니느라."

남편은 정은을 몰아세웠다.

"너 때문이야."

편견을 이겨낸 성공한 어머니로, 정은은 매주 특강을 다녔다. 딸은 학교에 적응을 잘하고 있다고 믿었다. 정은은 힘겨웠던 인생을 보상받는다고 여겼다. 다 잘되고 있다고. 딸이 자살한 그 순간에도 '부정을 긍정으로 바꾸는 마음'에 대해서 특강하고 있었다.

"편견의 시선에서 벗어나 자유로워지세요."

그날 정은은 부서진 딸의 몸을 끌어안고 오열했다. 인공와우는 딸이 뜯어낸 것으로 보인다고 했다. 정은은 울다가 기절했다. 정신을 잃었을 때 정은은 딸에게 묻고 있었다. 듣기 싫은 소리가 있었던 거니? 질문을 던지자마자 정은은 바닥으로 추락했다. 정신을 잃은 사흘 내내 깊이를 알 수 없는 바닥으로 떨어졌다. 깨어났을 때, 다리가 움직여지지 않았다. 병원에서 각종 검사를 받았다. 다 정상이었다. 정신신체장애. 정은에게 내려진 진단명이었다. 정은이 걷지 못하는 것은 다친 마음 때문이라고 했다. 병원에서는 정신과 상담을 권했다.

사람들은 딸을 억지로 명문 학교에 집어넣은 정은을 탓했다. 엄마의 교육열에 희생된 장애인 아이라고. 왜 악성 댓글을 달고 딸의 사진을 올린 그들은 처벌하지 않는 거야. 정은은 악을 썼지만, 자식 잡아먹은 엄마의 말을 아무도 들어주지 않았다. 정은은 딸의 휠체어를 타고 정신과 의사를 만나러 다녔다. 삼 년 동안 정은은 병원 외에 집 밖에 나가지 않았다.

모랫바닥을 기어가던 정은이 고개를 든다. 기요틴 옆에 아이가 있다. 비명처럼 들리던 날카로운 소리는 기요틴에서 나는 소리다. 아이가 긴 줄을 잡아당겨 칼을 끌어 올린다. 칼이 내려올 때마다 소리가 난다. 날카로운 비명처럼 귀를 파고드는 소리. 바닷물이 피처럼 붉다. 정은은 더 빨리 손을 움직인다. 기요틴에 머리를 집어넣고 싶다.

프랑스인들이 수용소에 기요틴을 들여온 것은 독립운동가를 죽이기 위해서였다고 한다. 시간이 지난 후, 동족인 남베트남인들이 더 지독하게 독립운동가들을 고문하고 죽였다. 사상이 다르다는 이유로. 남베트남에 기요틴을 여러 개 들였다. 베트남의 독립을 위해 투쟁했지만, 그들은 처형되었다. 전혀 다른 의미로.

정은이 옳은 일을 한다고 믿었던 것이, 딸에게는 공개적인 처형의 의미였던 것처럼.

딸은 어떤 마음으로 휠체어를 타고 옥상까지 갔을까. 손목의 힘만으로 몸을 지탱해 난간을 넘어갔을 때, 혹시 그곳이 자신이 도달할 수 있는 길의 끝이라고 생각하지는 않았을까.

딸이 죽고 나서 생각하고 또 생각하던 것이었다. 정은은 넘어진 휠체어와 뜯긴 인공와우를 직접 본 것이 아니었다. 딸을 부둥켜안고 실신한 사흘 동안, 그것은 치워졌다. 정은이 정신을 차린 후에는 몸이 불편해서 그곳에 가보지 못했다. 보지 않고 전해 들은 장면은 상상 속에서 생생하게, 더 아프게 살아났다.

"너를 이렇게 낳아서 미안해. 내 인생을 대신 주고 싶다."

정은은 간혹 술에 취하면 딸의 발을 붙잡고 주정했다. 그러나 딸이 용변 실수를 하는 날이면, 등짝을 찰싹 때리며 악담을 퍼부었다. 나는 언제까지 이렇게 살아야 하니. 정은은 사실 눈치채고 있었다. 딸의 학교생활이 순탄하지 않다는 것을. 정은이 딸을 데리고 등교할 때, 하교 후 딸을 데리러 갈 때, 선생들과 학생들, 학교 전체가 딸에게 등을 돌리고 있음을. 정은은 모른 척했다. 정은이 해결해줄 수 없는 부분이라고 믿었다. 언제나 편견에 시달리던 아이니까 견딜 줄 알았다. 다른 학교에 가도 편견에 시달릴 것이니까. 공부에 집중하라고 다그쳤다. 딸이 휠체어를 타고 옥상 난간까지 갔던 시간이, 정은이 기요틴을 향해 기어가는 시간보다 더 힘겨웠을 것임을 정은은 안다.

정은은 기요틴에 다다라 고개를 든다. 기요틴은 사라지고 없다. 어둠 속에 있던 아이도. 기다려줘. 정은은 외쳐보지만 목소리가 나오지 않는다. 파도 소리가 들린다. 핏빛 바닷물이 정은을 향해 밀려온다. 정은은 길게 밀려온 포말에 얼굴과 몸이 젖는다. 떠밀려갔다고 여겼던 통버이가 파도에 밀려 모래사장에 걸려 있다. 아이는 어디로 갔을까. 정은은 고개를 돌려 기요틴을 찾는다. 저 멀리, 정은이 힘겹게 기어 오기 시작한 지점. 휠체어가 있던 자리에 기요틴이 있다. 정은을 향해 파도가 밀려오자 젖은 몸이 부들부들 떨린다. 정은은 다시 기요틴이 있는 자리로 기어가기 시작한다.

죄책감이 원인입니다. 의사가 뻔한 진단을 내렸다.

"당신은 내가 아이를 위해 나설 때, 아이가 힘들다고 할 때, 뭘 했는데?"

정은은 참았던 말을 쏟아냈다. 남편은 그 후로 벌 받는 아이처럼 정은의 휠체어를 밀었다. 딸의 장애가 정은에게 족쇄였던 것처럼, 정은의 장애는 남편의 족쇄였다. 정은이 딸의 장애를 이해하면서도 불편해하고, 때론 그 시간에서 떠나버리고 싶었던 것처럼, 남편도 정은을 같은 방식으로 대했다. 남편은 아픈 아내를 헌신적으로 돌본다며 주변의 칭찬을 들었다. 아픈 딸을 잃고 아픈 아내를 돌본다는 평가는 남편에게 자부심을 주었다. 정은은 전보다 더 많은 것을 견뎌야 했다. 마음이 불편하다고 말할 수 없었다. 정은이 침묵하길 바라는 무언의 압력은, 남편의 배려로 시작되었고 세인들의 미소로 단단해졌다. 사회적 약자가 된다는 것은 소리를 삼키는 일이라는 것을 정은은 알게 되었다. 정은은 소리를 낼 수 없었고, 소리를 듣고 싶지 않았다. 딸이 집단의 배제를 토로하지 못하고 끝내 입을 다물었던 것처럼.

정은은 다시 한번 기요틴을 향해 기어가다가 고개를 든다. 기요틴은 기요틴으로 보이다가 휠체어로 보인다. 정은의 처형은 딸의 휠체어 위에서, 딸의 인생을 대신 겪으며, 삶이 끝날 때까지 이어질 것이다. 정은은 자신의 기요틴에서 일어나 걷지 못할 것이다. 딸이 살아 있던 시간보다 더 큰 후회와 자책이 정은의 마음을 채울 것이기에.

다낭의 습한 바람이 바다에서 불어온다. 전염병으로 사람의 발이 끊긴 바닷가와 리조트에 아침이 밝아온다. 전염병으로 사람들이 여행을 취소해서 좋다고, 아무도 없으니 눈치 보지 않아서 다행이라고, 정은은 그제야 여행을 반겼다. 의사의 권유로 여행을 예약했을 때 정은이 반대하던 것과 다른 반응을 보이자 남편도 다행이라고 했다. 그러나 그게 정말 좋았던 걸까. 정은은 자신을 구해줄 사람을 기다리는 중에 후회한다. 여행 내내 마음이 불안하고 불편했다. 중국인 관광객과 그들의 손자라도 보고 싶다. 옆에 사람이 있다는, 누군가와 같은 공간을 즐긴다는 느낌을 받고 싶다. 해가 떴지만, 직원들은 모습을 보이지 않는다. 정은은 어부를 기다린다. 어부가 나타나면 지난밤에 보았던 그의 아이에 대해서 전해줄 것이다. 목소리가 죽었으니 그림이라도 그려서 알려줄 것이다. 밤새 2층에서 잠들었던 남편은 정은을 찾아 나서기는 할까. 정은은 남편이나 어부도 모두 사라져 나타나지 않고, 오롯이 이 리조트에 남게 될지 모른다는 예감이 든다. 그러자 가슴이 터질 듯한 두려움이 밀려든다.

그때 어부가 양동이를 들고 백사장 너머에서 걸어오는 모습이 보인다. 정은의 가슴속에 머물던 공포가 눈물이 되어 모랫바닥에 떨어진다. 어부의 옆에는 아이가 있다. 어부와 아이가 정은을 발견하고 달려온다. 딸에게도 저만큼의 따뜻함이 있었다면. 정은은 어부의 아이를 보다가 알게 된다. 다가오는 아이는 지난밤에 보았던 아이가 아니다. 바다 건너, 딸이 죽은 나라에서부터 불어온 바람이 정은의 눈물을 닦아낸다. 전쟁의 상처가 지나간 이 나라 바닷물이 유독 푸르다. 넘어진 휠체어에 도착한 정은은 머리를 기대며 속삭인다.

너는 갔지만, 나는 끝까지 살아낼게.

미안해, 라는 단어가 정은의 귓가를 맴돈다. 정은은 비명을 질러본다. 목소리가 나온다. 정은의 비명에 어부가 양동이를 던지고 뛴다. 정은은 그 순간 날카로운 소리를 들었고 소리의 정체가 뭔지 깨닫는다. 인공와우를 뜯어낸 딸이 바닥으로 떨어지면서 들었을 마지막 소리. 딸이 밤새 정은에게 들려주던. 그 소리는 야유와 편견을 벗어버린 딸이 원래 들을 수 있던 노래다.

내가 곧 그들임을 언제나 잊지 않길

베트남 해변에 서 있을 때, 이 소설은 이미 내 머릿속에서 탄생했다. 쓸쓸했다. 마치 세상의 끝에 서 있는 기분이었다. 텅 빈 쓸쓸함과 해변에 홀로 있는 여인에게서 이야기의 조각이 내게 왔다.

2월의 베트남 다낭은 낮에는 따뜻했고 아침과 저녁에는 서늘했다. 해변과 리조트는 거의 텅 비어 있었다. 나와 가족들만이 바닷가에 있었다. 전염병으로 모두가 여행을 취소한 시기였다. 인적이 끊긴 리조트의 빌라들은 적막 속에 잠겨 있었다. 밤에는 너무 적막해서 적막이 모든 걸 삼켜 버린 것처럼 여겨졌다. 호이안 등불 아래 서 있을 때 유령이 나올 것처럼 고요했고 조금 외로웠다. 우리 가족이 지르는 함성이 메아리가 되어서 돌아올 만큼. 건물에도 표정이 있다면 불 꺼진 집만큼 어두운 표정은 없을 것이다. 수심 가득 찬 어린아이를 보는 느낌이었다. 나는 이 적막함을 글에 담아 소설을 써봐야겠다고 생각했다.

소설을 쓰게 된 것은 1년 후였다. 전염병이 전 세계에 퍼져 비행기를 탈 수 없을 때, 베트남에 갈 수 없을 때, 세상 어디로도 여행을 떠날 수 없어서 그 적막함조차 아쉬울 때였다. 나는 아시아의 나라 중 하나를 선택해 테마 소설을 써야 했다. 나는 마지막으로 다녀온 베트남을 생각했다. 어쩐지 다시는 갈 수 없을지 모르고, 또 가더라도 오랜 시간이 지난 후에나 갈 수 있을 것 같았다. 그곳에서 받은 느낌을 돌이켜보면 뭔가에 쫓기고 눌린 듯했다. 그것은 여행지에서 전염병을 옮기거나 옮을 수 있다는 공포, 한국에 돌아갔을 때 받게 될 철없는 여행자로서의 냉대가 포함된 심리적 압박감이었을 것이다. 휴가의 느낌이 아니라 도망자가 된 기분. 원치 않게 병균의 숙주가 된 께름칙함은 그 나라의 인상조차 밝고 환하게 보지 못하게 했다.

나는 베트남에 대해서 생각하다가 그 나라의 뼈아픈 역사인 프랑스 강점기에 관해 찾아보았다. 베트남은 1885~1945년까지 긴 시간을 라오스, 캄보디아와 함께 프랑스령 인도차이나로 식민지배를 당했다. 베트남인들이 독립하기 위해 벌인 전쟁만 몇 번이었는지. 얼마나 많은 사람이 잡혀서 고문당하고 죽임을 당했는지.

나는 그들의 아픈 역사를 보여줄 소재를 찾기 시작했다. 그들의 아픈 역사를 보여주는 대표적인 처형기구가 하노이의 호아로 수용소에 있다는 것을 알게 되었다. 기요틴이었다. 개인의 자유와 평등의 권리를 확보하기 위한 최초의 혁명이 프랑스 혁명이다. 프랑스 혁명의 기념물인 기요틴이 식민지 독립운동가들을 죽이기 위해 베트남에 들어와 있었다는 것은 얼마나 아이러니한지.

나라의 독립이라는 옳은 일을 위해 나섰지만, 동족에게조차 전혀 다른 의미로 처형당한 역사는 이념의 소용돌이 속에서 벌어진 참극이다. 이것은 우리 민족의 독립운동역사와 닮았다. 나는 이 아이러니를 내 소설에서 현재에 맞게 재현해보고 싶었다.

이 소설을 쓰면서 처음에 생각했던 주제가 다 표현되었는지 의문이 든다. 자식을 잃고 매일 죽고 싶었던 여자가 죽음이 아닌 삶을 선택하는 과정이, 죽은 딸을 이해하는 과정이, 잘 표현되었길 바란다.

이 이야기에는 내가 오랫동안 풀어놓고 싶던 주제가 들어 있다. 나는 내 글로 스스로 말하지 못하는 소수자의 소리를 대신 하려고 했다. 이것은 내가 소설을 쓰는 의미이다. 그러나 쓰면서 들었던 생각은, 그들의 목소리를 대신 말한다는 것은 어쩌면 그들의 목소리가 들리지 않게 하는 행위가 아닐까 하는 것이었다. 우리는 사회적 약자가 자신과 먼 이야기라고 고개를 돌릴지 모른다. 혐오의 대상인 동양인으로 백인들 앞에 서 있을 수도 있고, 미얀마 군부독재의 총 앞에 서 있을 수 있다는 사실을 애써 모른척하며.

나는 소설 속 정은처럼 맨손으로 바닥을 기는 마음으로 다짐한다.

내가 작가로서 말하고 싶은 의미에 그들의 목소리가 가려지지 않길.

나는 그들과 멀지 않고, 내가 곧 그들임을 언제나 잊지 않길.

* 이 소설은 토지문학관에서 창작되었습니다.

여행시절
旅行時節

이경란

2018 문화일보 신춘문예에 당선되며 작품
활동을 시작했다. 2021년 경기문화재단 창
작기금을 수혜했다. 소설집 『빨간 치마를
입은 아이』(근간) 『다섯 개의 예각』(근간)이
있다.

죽영이 살던 곳도 기숙사였다. 캠퍼스 동문을 나와 큰길로 한참 걸어 내려오면 왼쪽에 죽영이 있는 납작하고 긴 2층 건물이 보였다. 내가 든 기숙사는 오른쪽에 있었다. 운동부 숙소였던 그곳은 전혀 기숙사답지 않게 생긴 단독주택이었는데, 대문은 없었던가 늘 열어두었던가 그랬다. 그와 달리 건너편 여학생 기숙사의 대문은 밤 10시면 어김없이 닫혔다. 초록색 철제문에 붙어 안쪽을 들여다보는 지각생들이 밤마다 한둘 보인다고 했다. 문은 지각생들의 애를 태우며 20분가량 굳게 닫혀 있다가 다시 열린다고. 학생들은 잔뜩 주눅이 든 모양새로—아마 그것은 꾸며낸 모습이었을지도—잠깐의 꾸지람을 듣고 사감의 눈치를 살펴가며 조용히 방으로 들어갔을 것이다. 그리고 방문을 닫자마자 그날의 지각에 대해 무용담을 펼치듯 룸메이트와 수다를 떨었을 것이다.

　나도 모르게 빙그레 웃음이 지어졌다. 기숙사란 곳은 어디나 다 똑같은지도 모른다. 나는 잠시 책을 엎어두고 창밖 멀리로 눈길을 보냈다. 길 건너 야산은 아직 아무 빛도 얻지 못했다. 군데군데 무리 지은 리기다소나무만이 겨우내 지친 솔잎을 매달고 있었다. 솔잎은 초록이되 싱그러운 맛이 없다. 영하 20도를 예사로 찍곤 했던 추위에 시달려서인지 피로해 보였다. 바싹 마른 활엽수 가지 끝에 봄물이 한껏 오른 새순이 눈을 틔울 즈음이면 솔잎도 생기를 되찾을 것이다. 기숙사에 살던 시절의 나는, 우리는, 그 새순처럼 연둣빛 물이 올라 날마다 싱그러웠고, 마음은 아직 여리고 순했다. 내가 2년간 살았던 기숙사도 정확하게 밤 10시면 철문을 닫았다. 문은 그 자체로 시계나 다름없었다. 철문이 닫히기 전 가까스로 세이프 인, 그러고는 룸메이트와 함께 그날의 주요 사건을 복기하던 밤들이 파노라마처럼 펼쳐졌다. 그때의 천진했던 표정들과 쓸데없이 진지했던, 그러나 짐짓 진지함은 감춰둔 채 시시껄렁한 잡담들로 채우곤 했던 밤들. 그러다 어느 밤인가는 각자의 우울과 감상으로 빠져들어 헤드셋 안으로 숨어들거나 이불을 머리끝까지 끌어 올리곤 하던 밤들. 우리는 적어도 함부로 던져진 인생은 아니었다. '왜 하필 이 시대에'라고 말하기에는 그 전 시대보다 나았고, 혹은 풍요로웠고, 무엇보다도 그 시절이야말로 오랜 인내 끝에 도달한 종착점이라는 느낌이 강하게 작용했다. 그것이 출발점의 다른 이름임을 모를 정도로 바보들도 아니었고. 부산한 식당에서 규격화된 식판을 들고 앉는 우리들에게, 같은 공간에서 같은 메뉴를 매일 공유한다는 견고한 동질감과 대화 중 무시로 튀어나오는 다양한 사투리로 인한 이질감, 그리고 아무도 말하지 않았지만, 약간의 엘리트 의식이 기본값으로 깔려 있었음을 부정하기는 어렵다.

엎어두었던 책을 다시 들어 제목을 새삼스럽게 확인했다. 『旅行時節(여행시절)』. 테마 소설집인 책은 중국의 신진 소설가들이 아시아 각국의 여행을 모티프로 쓴 단편소설 열 편을 담고 있다. 일본과 싱가포르, 말레이시아, 베트남, 타이, 캄보디아가 이어졌고, 한국은 그다음이었다. 나는 도입에서 벌써 이야기 속으로 빨려들고 말았다. 급한 번역이라고는 했으나 한 편 한 편 읽는 동안 마음이 시나브로 한가로워져서, 마치 진짜 여행이라도 떠난 듯 느긋해진 차에 위의 대목을 맞닥뜨리자, 이 독서가 일이라는 생각마저 잊을 정도였다. 아닌 게 아니라 작업 책상에 앉지 않고, 소파에 깊숙이 등을 묻은 채 커피를 마시며 책장을 넘기던 중이었다.

학생도 교수도 타이완에서 온 럭비선수를 흥미로워했지만 정작 나는 운동부 외에는 누구와도 친해지지 못했다. 단지 한 명 죽영을 제외하곤. 길 건너 기숙사에 살던 그 아이. 한국을 떠나올 때까지 끝내 가보지 못한 남쪽의 도시에서 올라왔다던 죽영을 알게 된 것은 같은 럭비부였던 그 지역 출신의 현 덕분이었다. 녀석은 팀의 에이스였다. 덩치 하나로 견디는 나와는 수준이 다른 운동신경과 균형 잡힌 신체를 갖고 있었고 성격도 쾌활한 편이었다. 럭비는 거친 운동이지만 운동장을 벗어난 현에게서는 거친 구석이라곤 찾아볼 수 없었다. 특히 죽영과 함께할 때면 땀내 나는 운동복이 아닌 폴로셔츠에 면바지 차림으로 프레피 같은 느낌을 풍겼다. 현의 등번호는 2번. 2번은 후커였다. 1번인 내가 스크럼에서 밀리면 녀석이 후커로서 제 역할을 하기 어려웠기 때문에, 녀석과 어깨를 걸고 상대 팀과 겨루다 보면 마치 팀 전체가 아니라 녀석을 위해 온 힘을 쥐어짜내는 듯한 착각이 들기도 했다. 어쨌거나 스크럼에서 버티기, 그 하나의 기대로 덩치만 컸지 운동신경은 다른 선수들에 못 미치는 나의 유학이 순조롭게 성사되었던 것이니만큼, 어떤 일이 있어도 밀릴 수는 없었다. 타이페이의 가장 유명한 딤섬 가게에서 내가 달성하고 또 경신한 딤섬 많이 먹기 기록은 이후 20년간 깨지지 않았는데, 그 기록이 바로 그 무렵에 세운 것이었고, 나는 그야말로 딤섬 먹던 힘까지 쥐어짜내며 필사적으로 버텼다. 내가 현과 함께, 그리고 우리 팀과 함께 딤섬 먹던 힘까지 짜내봤자 아무도 주목하지 않았다. 럭비는 비인기종목이었다. 그러나 가을이 되어 경쟁 학교와의 정기전이 열리면 그때만큼은 반짝 관심의 대상이 되었다. 양교 학생들은 경기 규칙도 잘 모르면서 그저 고래고래 응원가를 부르는 재미에 럭비를 관전했지만 말이다.

여기까지 읽었을 때 기대었던 등을 곧추 세웠다. 의심의 여지없이 내 모교의 이야기였기 때문이다. 게다가 대만에서 유학 온 럭비선수, 1번 포지션, 기숙사,라는 단어에서는 30년 넘게 잊고 있었던 그 아이를 떠올리지 않을 수 없었다. 작가의 이름을 다시 확인했다. 주하오. 중국의 신진작가. 작가는 94년생이었다. 출생지는 언급되지 않았고 창작을 시작한 지 몇 년 되지 않은 모양이었다. 우리 나이로 이제 겨우 스물여덟이니 그럴 만했다. 기숙사의 문을 10시에 닫았다는 건 당대의 이야기가 아니라는 뜻이다. 당연히 취재를 바탕으로 했을 것이다. 본인의 체험이 아닌, 가까운 사람의 추억에 기댄 이야기일 가능성이 높다. 가까운 사람. 나는 자연스럽게 작가의 이름을 다시 살피게 되었다. 정확하게는 성을. 중국에서 주 씨는 흔한 성이다. 이제 약간의 추리마저 막혀버렸다. 그보다 아주 황당한 점은 그 아이의 성을 내가 기억하지 못한다는 것이다. 곰곰이 기억을 뒤적여본 결과 그 아이의 성을 아예 몰랐다는 사실을 깨달았다. 우리는 이름만으로 서로를 불렀고 그 아이의 경우에는 아마 끝 글자였을 '완'이라고만 했으니. 완. 1번 포지션에 그보다 잘 어울리는 이름이 있을까. 그런데 이것이 정말 내 모교의 이야기가 맞는가. 럭비부를 보유한 대학이 몇 군데나 될까. 학교의 동문으로 내려가다 만나는 왼쪽의 여학생 기숙사와 오른쪽의 럭비부 기숙사라면 모교의 사정과 일치한다. 그렇다면 이 소설의 시간적 배경은 구체적으로 언제인가. 94년생 작가라면 어쩌면 완의 아들이나 조카일 수도 있을까? 혹은 그렇게 가까운 관계는 아니더라도 어떻게든 연결된 사이가 아닐까?

완은 후커인 현과 곧잘 어울렸다. 초등학교 동창인 현은 수줍음이 많은 아이였지만 내게는 그렇지 않았다. 우리는 같은 동네에서 오래 살았고, 주류도매상이었던 현의 집 창고에서 함께 공기놀이나 딱지치기를 하기도 했다. 중고등학교 6년간의 공백을 메꾸는 건 일도 아니었다. 현은 고향에서 제법 유지로 통하는 집안 배경을 잘 아는 내가 반갑고 든든한 모양이었다. 나 또한 조금은 파란 꿈을 품고 상경했다지만 가끔 두렵고 막막해지던 서울 생활에서 현 같은 친구, 급할 때는 듬직한 보디가드 역할까지도 기꺼이 수행해줄 친구가 고마웠다. 게다가 오로지 진학을 위해 축구에서 전향하여 비인기종목을 택한 현은 그에 대한 열등감을 은근히 내비칠 때가 있었는데, 운동부가 아닌 친한 친구가 있음을, 그것도 여학생임을, 자랑스럽게 여기는 눈치였다. 현은 그 정도로 순진하달까, 순수하달까, 한 면모를 지니고 있었다. 그런 현이 완과 붙어 다니는 일은 자연스러웠다. 우리말이라곤 욕만 유창하다며 완을 놀려먹는 현과 무슨 말인지 제대로 알아들었을까 싶게 말이 서툰 완은 나란히 앉아 어깨를 치며 장난질을 했다. 그들이 서로의 어깨를 칠 때면 툭, 툭,이 아니라 퍽, 퍽, 하는 소리가 나면서 넘치는 힘과 여유가 내게까지 전해졌다.

기숙사에서 몇 걸음 내려가지 않은 큰길가에 제과점이 둘 있었다. 하나는 영문 이름이었고 하나는 한글, 정확하게는 한자음을 한글로 쓴 이름이었다. 딸기빙수를 먹던 어느 봄밤, 한자를 냅킨에 써주었을 때 완은 대만식 발음으로 읽어주었다. 리화탕. 리화는 길 건너 학교의 이름이었지만 우리가 주로 만났던 밤 9시경에 자리를 차지하거나 빵을 사러 들르는 손님은 거의 기숙사 학생이었다. 그들 중 누구도 완과 현의 앞에 수북하게 쌓인 만큼의 빵을 먹거나 사지 않았다. 완과 현은 그 시간까지 남아 있던 빵을 언제나 종류별로 두 개씩 쟁반에 담았다. 한 시간은 그 빵을 해치우기에 너무 긴 시간이었다. 내가 빵 하나를 천천히 먹는 동안 두 사람은 비어버린 쟁반을 앞에 두고 싱글거리며 기다렸다. 마치 굉장한 목표를 조기 달성이라도 한 양 의기양양한 미소였다. 완은 자주 딤섬 가게의 기록을 자랑삼아 말했는데 내가 그 내용을 정확하게 다 알아들은 건 두 학기도 더 지나고 나서였다. 중어중문과 학생이라고는 해도 내 중국어 실력이 완의 우리말 실력보다 나을 것도 없었기 때문이다. 게다가 나는 중국어 욕은 하나도 하지 못했다. 물론 우리말 욕도 못 했다.

니가 중국을 알아? 너는 대만이잖아? 죽영은 가끔 도발적인 말도 서슴없이 했다. 본성인은 말하자면 대만 토박이 같은 존재들이라 뒤늦게 대륙에서 건너온 외성인을 싫어했다. 일본이 패망한 후 요직은 인구비율로는 얼마 되지 않는 외성인들이 모조리 차지하다시피 했고, 이런저런 역사적 불행이 거기 관련되어 있었다. 죽영의 질문은 단순한 문장이었으나 그 내용은 너무 많은 것을 건드렸다. 저 질문에 대한 답이라면 모국어로도 원활하게 할 자신이 없었다. 내가 할 수 있는 건 똑같은 문장 구조로 된 반문이었는데, 나중에 생각해도 그건 더할 수 없이 훌륭한 반격이었다. 니가 북한을 알아? 너는 남한이잖아? 죽영은 아니, 그건 다르지, 어떻게 그게 같아? 라고 발끈하면서도 중국어로도, 한국어로도 설명하지 못했다. 우리의 모국어가 다르고 또 우리의 외국어가 서툴다는 사실은 얼마나 큰 행운이었던가.

이쯤에서 출판사로 이메일을 보내볼까 하는 유혹에 시달리기 시작했다. 작가들의 정보를 좀 더 알려줄 수 있는지, 혹은 한국 편을 쓴 주하오 작가의 이메일 주소를 알아봐줄 수 있는지 물어볼까 망설였다. 번역을 하다 보면 저자에게 따로 연락을 취할 일이 더러 생긴다. 치명적 오류를 방지하기 위해서인데, 나로 말하자면 상황이 허락하면 곧잘 질문과 의논을 해온 편이다. 특별히 까다로운 저자가 아니라면 흔쾌히 답을 주었고, 에이전시와 출판사를 징검다리처럼 거쳐서 소통하는 경우도 있었다. 그런데 뭐랄까, 이번 같은 테마 소설집은 그렇게까지 어려운 번역이 아닌 데다 단지 작가에 대한 호기심으로 따로 연락을 시도하기가 마뜩찮았다. 공과 사의 구분이라고나 할까. 궁금증은 순전히 개인적인 문제에 불과하니까.

작가가 완의 아들이라도 된다면, 혹은 조카라도 된다면, 그건 중요한 일일까? 30여 년 동안 한 번도 보지 못했을 뿐 아니라 기억에서조차 먼지를 뒤집어쓰고 있던 완. 심지어 이젠 현조차도 어디서 어떻게 살고 있는지 모른다. 꼭 알아야만 한다면 고향의 가족을 통해 수소문해볼 수는 있을 것이다. 그러나 군이, 그렇게까지 해서 연락이 닿고 나면 그다음은? 몇 번 반갑게 만나거나 가끔 문자로 안부를 주고받을 수도 있을 것이다. 그러나 그다음은? 끊어진 인연을 잇는 행위가 초래하게 될 불편함과 어색함, 그리고 어떤 잉여의 느낌이 얼마나 시시한지 조금은 안다. 최근 몇 년간 SNS를 통해 연결된 과거의 몇몇 인연들이 내게 가르쳐주었다.

　그 학교의 진정한 축제는 가을에 열리는 경쟁 학교와의 정기전이었지만 봄에 열리는 축제도 놓칠 수 없는 재밋거리였다. 죽영과 현은 그 며칠 전부터 축제 때 한몫 잡아야 한다며 들떠 있었다. 셋이서 할 수 있는 '한몫 잡기'에 뭐가 있을지 두 사람은 밤마다 머리를 맞댔다. 현의 집에서 술을 가져다 팔기엔 일이 너무 크고 복잡했다. 내가 서울에 오고 나서 가장 놀라웠던 사실은 수많은 학생들이 목숨이라도 걸 듯한 기세로 술을 퍼마시는 것이었다. 대만의 대학생들은 상상하기 어려운 일이었다. 학교 앞은 골목골목 술집으로 흥청거렸고, 술을 파는 카페는 해가 뜰 때까지 문을 여는 곳도 있었다. 그런 분위기에서도 술에 관해서라면 우리 셋 누구도 집착하지 않았다. 우선 현과 나는 재미가 없었다. 아무리 마셔도 취하지 않아서였다. 취하지 않는 술을 마시기란 끊임없이 물을 마시고 화장실을 들락거리는 것과 별로 다르지 않았다. 공짜인 물에 비해 술은 너무 비싸다는 것도 이유였다. 우리 용돈으로는 끝 간 데 모르는 주량을 감당할 수 없었다. 죽영은 술보다 커피를 즐겼고 한 잔으로도 빨개지는 얼굴 때문에 술을 부담스러워했다. 단정한 아이였다.

축제가 시작되기 전날 밤 우리 셋은 학교 앞 으슥한 카페에 모였다. 죽영이 사탕과 각종 부자재가 든 커다란 비닐 보따리를 들고 나타났다. 사탕 부케를 예쁘게 만들 수 있다고 한 사람은 죽영이었다. 현과 내가 그런 걸 만들 수 있을 리 만무했지만 죽영은 자신이 가르쳐주겠노라 호언했다. 커피 한 잔씩으로 밤새 자리를 차지하기엔 우리도 염치가 있었으므로 맥주와 안주를 시키고 탁자와 빈 의자 위에 재료를 수북하게 올려두었다. 죽영의 솜씨는 썩 훌륭했다. 우리는 옆에 앉아 술만 축냈던 것 같다. 럭비공이나 좀 다룰 수 있었을까, 자잘한 사탕과 조화, 리본 같은 것들은 보기만 해도 배 속이 간질거렸다. 초록 철사로 사탕과 꽃을 엮고 리본으로 묶을 때 죽영은 미간을 찌푸리며 입술을 옴지락거렸다. 나는 도리 없이 죽영의 입술을 훔쳐보았다. 죽영이 눈치채지 않도록, 현이 절대 알아차릴 수 없도록.

그 밤이라면 지금도 또렷이 떠올릴 수 있다. 기숙사에 외박 신청을 하고 결전에 임하는 마음으로 카페에서 지샌 그 밤의 어떤 목소리가 아직 남아 있기 때문이다. 어둑한 조명 아래 부실한 어깨 높이 칸막이 너머에서 들려오던 그 목소리. 아주 낮게 웅얼거리던 젊은 남자의 말투는 단호했으나 한편 비열했다. 아니, 비열했던 것은 말투가 아니라 말의 내용이었지. 잘 알겠지만 혹시 이 일이 드러나더라도 나는 모르는 일이다. 나는 이미 학생이 아니라 사회인이니까 이해해줄 줄로 믿는다. 부디 끌어들이지 말라. 목소리의 주인을 상상했다. 조명의 빛깔을 고스란히 반사하는 하얀 와이셔츠에 졸라 맨 넥타이, 희멀건 얼굴과 기다란 손가락, 차가운 금속 안경테까지. 내가 떠올릴 수 있었던 이미지란 얼마나 가소로운 클리셰였던가. 잘 알지도 못하면서 환멸과 혐오로 곤두선 신경은, 부정할 수 없이, 불안과 두려움의 다른 형태였다. 현과 나는 칸막이 너머의 목소리가 이쪽과 무관한 세계라 생각했으나, 동시에 무관하지 않은 현실임을 알았다. 그리고 '알고 있음'을 탁자 아래의 끈끈한 바닥에 내려놓았다.

그들이 떠난 뒤 카페의 사장은 '사회인'을 욕했다. 어린 학생이 위험을 모조리 뒤집어쓰도록 종용하는 게 정의고 민주냐. 저게 후배에게 할 짓이냐. 개새끼. 탁자 위에 어지럽게 흩어져 있는 사탕과 조화와 리본을 숨기고 싶었다. 우리가 자리를 뜨고 나면 사장은 또 한바탕 걸쭉한 욕설을 뱉을지도 몰랐다. 때가 어느 땐데 저따위 짓을. 어쨌거나 5월이었는데. 캠퍼스에 철쭉이 흐드러지던 5월이었는데. 화염병을 드는 학우가 있다고 해서 사탕 부케 따위를 만들면 안 되는 거였을까. 그런 식이었다. 우리에게 뭉텅이로 주어진 자유와 젊음, 소리 내어 말하기엔 다소 유치한 낭만. 이런 것들은 항상 위협받았다. 최루탄 입자가 매캐하게 남아 있는 캠퍼스의 공기와 지나치게 자주 맞닥뜨리는 대자보의 절박함과 목덜미를 잡아채는 확성기 소리에. 숨을 조금 죽이며 고개를 약간 떨어뜨리게 만드는.

　밤이 깊어질수록 카페의 공기는 탁해졌고 간헐적으로 이어지던 대화는 마침내 완전히 중단되었다. 거의 혼자 만들고 있던 사탕 부케는 이미 흥이 깨져버린 놀이였다. 나는 괜한 짓을 시작했다는 후회와 시작한 건 끝을 맺어야 한다는 오기 사이에서 졸음과 싸웠다. 졸음은, 알다시피, 싸움의 상대가 아니다. 흠칫 놀라듯 잠에서 깨어나 보니 완은 고개를 젖힌 채로, 현은 탁자에 엎드린 채로 잠들어 있었다. 우리 외의 손님은 없는 듯했고 사장도 조는지 음악마저 끊어져 있었다. 우리는 불과 몇 시간 만에 패잔병처럼 어깨를 늘어뜨리고 기숙사로 돌아왔다. 현은 담벼락에 늘어진 덤불을 공연히 후려쳤다.

　다음 날 열 개의 사탕 부케를 들고 학교에 도착한 우리는 이미 한몫 챙겨보자는 의욕을 상실한 상태였다. 노천극장 입구에 나란히 주저앉아 조금 졸았던 것 같다. 어휴, 그만 졸고 가자! 현이 머리를 툭 건드렸다. 나는 현과 완의 빈손을 물끄러미 보았다. 둘은 손바닥을 활짝 펴 보이며 씩 웃었다. 다 팔았어. 이런 걸 사는 정신없는 놈들이 있을 줄 몰랐지!

럭비는 경쟁 학교와의 정기전이 아니면 관중이 없었다. 경기 자체도 많지 않았다. 농구만 해도 선수들은 잰체하기에 좋았다. 여자친구와 여자친구의 친구들, 그들의 남자친구에게 선심을 쓰며 입장권을 건네는 그들의 미래는 탄탄했다. 경기도 자주 열렸다. 야구부는 더욱 화려했다. 졸업과 동시에 프로 팀에 스카우트되는 것이 정해진 순서였다. 그들에게 입장권 선심 따위는 아무것도 아니었다. 야구부에는 이미 엄청난 스타들이 여럿 있었고 그들은 엘리트 중의 엘리트였다. 아이스하키의 경우는 여러모로 달랐다. 태릉에서 열리는 경기의 입장권은 아무나 구경할 수 없었는데, 중요한 건 그런 분위기가 아니었다. 아이스하키 선수들은 누구랄 것 없이 벌써 진로와 상관없이 너무 많은 것을 누리고 있었다. 그것들은 대부분 출생과 동시에 결정된, 그들의 정체성을 구성하는 요소였다.

비정기전은 오류동의 럭비 전용구장에서 열렸다. 양 팀의 선수와 최소한의 스태프만 참가하는 조촐한 경기였다. 어떤 때는 쓸쓸하기까지 했다. 죽영이 나타나지 않을 때 그랬다는 말이다. 학교에서 럭비구장까지 지하철과 버스를 갈아타가며 도착한 죽영의 출현에는 모든 선수들이 함성을 지르고 휘파람을 불었다. 그야말로 왕림이라 할 만했다. 현이 죽영이 앉은 (다해 봐야 몇 단 되지 않는) 스탠드로 뛰어가 인사를 나눌 때는 함성이 시기 어린 야유로 바뀌었다. 현이 혼자 뛰어가버렸기 때문에 나는 뒤따를 기회를 놓치고 말았다. 이삼 분도 채 안 되는 짧은 시간 동안 어떻게 할까 망설이기만 하다, 죽영이 손나팔을 만들어 완! 파이팅! 하고 외쳤을 때 쭈뼛거리며 양손을 들어올렸다. 야유의 대상은 현에게서 나로 바뀌었다. 나는 귓불과 얼굴, 그리고 아마 발뒤꿈치까지 빨갛게 달아올랐을 것이다.

언제나 짧은 토막말만 주고받았던 완에게, 체중이 100킬로가 넘는다던 완에게, 이렇게 섬세하고 부드러운 내면이 있었다는 당연한 사실을 나는 편리하게도 어느 정도 무시했던 것 같다. 변명하자면 우리의 소통이 그 정도 수준을 넘어설 수 없었기 때문이라고 하겠다. 그럼에도 불구하고 우리는 분명히 친한 사이였다. 거의 매일 밤 제과점에 모여 빵을 나누고, 약간은 들뜬 공기를 함께 호흡하고, 때로는 엉망이 된 기분을 위로하는 시간을 공유하던 사이를, 글쎄, 친하다고 할 수 없다면 대체 어떤 사이가 친한 사이인가. 그러나 친하다는 단어만으로는 무언가 명쾌하지 않은 어떤 느낌이 그때 존재했었음을 이제 와서 더듬어보기에는 너무 멀리 왔다. 완은 지금 어디에 있는지. 아마도 대만에 있겠지만, 그러나 그의 생존마저도 장담할 수는 없는 일 아닐까. 같은 과 동기 둘의 때 이른 부고가 요 몇 년 내 불청객처럼 찾아들었으니. 게다가 그와는 무관하게 완과 나의 기억은 어딘가에서 만나 얼마간 나란하다가 어딘가에서는 어긋날 것이다. 이를테면 이런 장면을 완은 제대로 기억하지 못할 것이다.

현이 바닷가의 콘도를 예약하고 우리는 기차에 올랐다. 여행경비는 축제 때 사탕 부케로 챙긴 '한몫'으로 충당했다. 1박 2일의 짧은 여행에서 내 기억에 뚜렷이 남은 사건은 딱 하나뿐인데 그건 바다도 아니고 오가는 여정도 아니다. 콘도의 발코니에 조르륵 앉아 컵라면을 먹었던 일이다. 현을 가운데 두고 앉아 멀리 철썩이는 파도를 눈에 담으며. 나는 그렇다 쳐도 현의 속도조차 완에게는 상대가 되지 않았다. 3분간 기다려 익힌 면발을 완은 그보다 짧은 시간에 들이마시듯 해치우고 일어섰다. 그 순간 옆 발코니에서 들려온 탄성. 아, 혼자가 아니야! 두 명이나 더 있었어! 완의 몸집에 가리었던 현과 내가 동시에 그쪽으로 고개를 돌렸다. 라면 가락을 입에 문 채였다. 그들은 웃음을 터뜨리며 실내의 일행에게 이 재미난 상황을 전하러 급히 들어갔고, 완은, 잘 모르겠다. 그때는 완이 그들의 말을 못 알아들어 안타깝다고 생각했던가, 아니면 다행이라 여겼던가. 다시 생각해보니 완이 그 상황을 몰랐을 리 없을 것 같다. 완은 한 번도 말한 적 없었지만 거대한 몸에 대한 자부심과(그건 어쨌든 선수로서 유리했다) 둔중해 보이는 몸에 대한 열등감을 동시에 갖고 있었던 듯하다. 하지만 이런 짐작은 나의 막연한 느낌일 뿐, 그때의 우리는 그런 조심스런 이야기를 기분 나쁘지 않게 나눌 수 있는 언어적 능력도 태도의 세련됨도 갖추지 못했다.

　5월이 되면 캠퍼스가 들끓었다. 내가 다닌 학교는 그 무렵 학생운동의 메카가 되어 있었다. 넓고 긴 백양로로 통하는 정문에는 늘 전경들이 깔려 있었다. 어떤 때는 전철역 입구에도 진을 치고 있었다. 나는 주로 기숙사와 학교를 오갈 뿐이었지만 정문으로 등교를 하는 학생들은 수시로 가방을 열어 보이는 굴욕을 당했다. 싸움이 격렬했던 날은 기숙사 근처에도 최루탄의 매운 내가 가시지 않았다. 그렇더라도 내게는 남의 나라 일이었을 뿐이다.

　우리가 2학년이었던 그해는 분위기가 전과 사뭇 달랐다. 아무도 내게 자세히 설명해주지 않았지만 그 정도는 알 수 있었다. 무언가 다급해 보였다. 기숙사나 운동장 바깥으로 몇 발짝만 내디뎌도 저 밑바닥에서부터 일어선 분노와 공포의 파도가 엄습했다. 대만만큼은 아니어도 6월의 서울은 더웠다. 습하거나 뜨거운 공기가 운동장과 캠퍼스의 지표와 도로를 달구고 열기를 훅훅 뿜어 올렸다. 그날, 돌은 던지던 사람만 던지는 줄 알았던 우리마저 어느새 동문 근처를 벗어나 정문 가까이 가 있었다. 현은 한 번도 서보지 않았던 자리에 버티고 섰다. 럭비공을 던지던 팔로 돌을 던졌다. 현의 돌은 다른 누구의 것보다 멀리까지 날아갔을 것이다. 나는 학생들의 모습을 눈에 담으며 대열의 앞쪽까지 나아갔다가 뒤돌아 캠퍼스 안쪽으로 거슬러 올라갔다. 손수건을 접어 눈 아래를 가린 선두의 남학생들과 맨얼굴을 그대로 드러낸 남학생들을 거르고 재빨리 여학생들의 얼굴을 훑었다. 죽영은 보이지 않았다.

그날. 우리 동기였던 아이가 직격탄을 맞고 사경을 헤매고 있던 그날이었나 보다. 그때까지 큰 관심이 없거나 없는 척하던 여학생들이, 하이힐에 짧은 치마를 입고 전철 손잡이만큼 커다란 귀고리를 단 여학생들이, 대운동장으로 우르르 몰려갔다. 그들은 바위와 보도블록을 깨는 남학생들 옆에서 맨손으로 돌을 그러모아 양동이에 담았다. 코와 굽이 까진 구두에 내려앉는 뽀얀 먼지에 미간을 찌푸리면서, 한 번도 자신의 일이라고 생각한 적 없었던, 적어도 그렇게 보였던 그들이, 곱게 손질한 손톱이 부러지도록 돌을 모으고 옮겨 담았다. 나도 그들과 함께였다. 땀과 눈물이 섞여 뺨을 타고 흘렀다. 우리는 눈 화장이 시커멓게 번진 서로의 얼굴을 보지 않으려 애쓰며 팔뚝으로 얼굴을 문질렀다. 무섭다. 너무 무서워. 이제 그만 가자⋯⋯. 간혹 울먹이는 목소리가 들렸다. 나도 무서웠다. 돌이나 화염병을 던지는 아이들은 얼마나 무서웠을까. 그러다 끌려간 아이들은 또 얼마나⋯⋯ 직격탄을 맞은 아이는, 그 아이를 부축한 아이는…….

　입학 25주년이 되던 해에 홈커밍데이 행사가 열렸다. 그날 가장 반가웠던 얼굴들은 기숙사 친구들이었다. 한솥밥의 힘이란 얼마나 대단한 것인지. 우리는 대강당에 모여 신나게 아카라카를 외치며 응원가를 불렀다. 중년이 되어 외치는 아카라카는 예와 아주 다르지는 않았다. '아파트'의 인트로인 초인종 소리가 울릴 때 우리는 광란의 함성을 내질렀다. 사회에서 맛본 좌절과 세월이 가져다준 회한을 털어내기라도 하려는 듯 함성으로 강당을 흔들었다. 마침내 흥분이 잦아들었을 때 우리는 다음 순서를 예감했다. 결코 잊을 수 없는 하나의 이름이 언급되었다. 그 아이는 모두의 가슴에 별이 되어 박혔지만, 뒤에서 부축하던 아이는 머리숱이 헐렁해진 중년이 되어 의자에 몸을 묻고 있었다. 사회자가 마이크를 들이대자 그는 숨을 몇 번 골랐다. 들숨은 처음부터 흐느낌이었다. 사회자가 다시 마이크를 자신에게로 옮겨갔으나 베테랑 아나운서답지 않게 아무 말도 하지 못했다. 살아 있는 우리 모두가 그 아이에게 갚지 못할 빚을 졌음을 아프게 확인하는 순간이었다.

　화려하게 차려입은 여학생들이 줄을 지어 한 곳으로 가는 모습이 보였다. 그런 차림새의 여학생 무리는 문과대 혹은 가정대에서나 가능했다. 그렇다면 죽영도? 대운동장으로 흘러간 행렬을 쫓았다. 죽영은 역시 거기 있었다. 나는 어디 그늘진 곳에 몸을 숨기고 싶었지만 그늘은 없었고 쉽게 숨겨지는 몸도 아니었다. 아주 멀리에, 그러나 죽영의 모습을 확인할 수는 있는 곳에 섰다. 죽영은 돌을 모아 양동이에 담으면서 팔로 계속 얼굴을 씻었다. 운동장이란 원래가 땡볕임을 감안하더라도 죽영이 씻어낸 것이 땀만은 아니었음을 내가 알아챘던가. 그때만 해도 그들의 저항과 싸움을 나는 잘 알지 못했으며 알 필요도 없었다. 내게 중요한 건 제대로 된 선수생활과 그럴듯한 졸업장이었다. 하지만 그해 11월, 세계적으로 유례없이 길었던 내 나라의 계엄이 해제된 일이 그날과, 그날의 죽영과 아무런 관련이 없다고 누가 말할 수 있을까.

여름해가 뉘엿해지려면 한참 남았던 시간에, 운동장에서 돌을 나르던 행렬도 잦아든 그때, 구석에 아직 남아 있던 죽영에게로 갔다. 죽영의 얼굴은 땀과 눈물과 두려움과 피곤으로 엉망이었다. 집에 가자. 죽영의 손목을 잡아끌었다. 왜 집이라는 말이 툭 튀어나왔을까. 기숙사로 가자. 백양로에서 기숙사로 가는 샛길로 접어들 때까지 나는 집과 기숙사를 모국어와 외국어로 번갈아 되뇌면서 걸었다. 숲과 야산을 가로지르는 샛길을 벗어날 즈음에야 죽영은 손목을 거둬들였다. 학교 안과는 비교할 바 아니었지만 그쪽도 공기가 매캐했다.

죽영의 새빨개진 눈에 아직도 눈물이 맺혀 흘렀다. 최루탄 때문이라고 변명조차 하지 못하던 죽영의 그 얼굴이 어떻게 그전까지의 어떤 얼굴보다도 맑고 순해 보였을까.

완은 그랬구나. 그때 완이 내 손목을 잡았었구나. 나로서는 전혀 기억나지 않는 일이다. 그날 완이 나를 기숙사 앞까지 데리고 왔던 것조차 명확하지 않다. 사실은 대운동장에서 기숙사까지 언제 어떤 경로로 돌아왔는지 전혀 기억에 없다. 나의 기억이 완의 것과 어긋난 것일까. 혹은 그 대목은 소설적 허구에 불과한 것이 아닐까. 어쩌면 완의 마음조차도 작가가 지어낸 건 아닐까. 소설의 내용을 현실로 착각하는 것만큼 어리석은 짓도 없다. 어디까지 사실이고 어디서부터 허구인지 가늠해보려는 노력은 얼마나 부질없는가. 그것을 잘 알면서, 더욱이 이토록 오래전의 일을 두고, 나는 마음이 서서히 일렁임을 느꼈다. 소설의 죽영이 나라는 사실은 의심의 여지가 없었고 서술자는 분명 완이었으니까. 그렇다고 해도 지금에 와서 일렁이는 마음은 무척 당황스러웠다. 아무리 그 마음이, 충분히 성숙하고 심지어 노화하고 있는 나의, 그 시절의 파릇한 완을 향한 애틋함이라고 해도, 이건 무척 우스운 일일 터이다. 럭비부에서는 나를 현의 여자친구인 양 대했고 내 친구들도 간혹 그런 태도를 보였다. 누구도 완과 나를 그런 식으로 대하지는 않았다. 그랬다 한들 현과 내게 별다른 사건이 없었던 것만큼이나 완과도 마찬가지였을 것이다. 우리는, 아니 나는, 그런 면에서 다소 둔한 편이었음을 부정하지 않겠다. 그러나 소설에는 사실을 넘는 진실이란 것도 있지 않나. 그런데, 그렇다고 뭐가 달라지나.

책을 덮고 집을 나섰다. 산책할 시간이었다. 종일 책상에 앉아 있어야 하는 나는 눈과 허리, 목과 어깨가 총체적 위기에 처해 있었다. 침을 맞아보기도 하고 도수치료를 받아보기도 했다. 두 가지 모두 그때뿐인 임시방편 같아서 최근에는 오히려 운동에 의존하고 있다. 서울을 벗어나 남쪽의 조용한 동네로 이사를 온 후 오전 한 차례는 꼭 오래 걸었다. 얕고 좁은 개울 양옆의 산책로에 마스크를 쓴 주민들이 오갔다. 개를 데리고 나온 사람도 적지 않았다. 팬데믹이 해를 넘기고도 숙지 않아 어쩔 수 없이 역병에 익숙해진 주민들은 상대적으로 안전한 천변이나 호숫가로 쏟아져 나왔다. 마스크는 사람들의 표정을 가려주었다. 수십 년 삶의 이력을 새긴 얼굴을 숨기고 타인과 엇갈릴 때 나는 짜릿하면서도 한편 안심이 되었다.

봄볕은 다사로웠으나 바람은 아직 맵찼다. 며칠 전 내린 비로 불어난 물은 한결 경쾌한 소리를 냈다. 먼 곳과 가까운 곳을 바투 교차해가며 바라보면 눈 운동이 되어 그것도 좋았다. 노안의 진행을 둔화시

키려는 시도인데 효과가 있는지는 잘 모른다. 의식하지 않는 사이 시선은 가장 먼 지점으로 가 있기 일쑤였다.

징검다리를 이쪽저쪽으로 건너면서 한참 걷다 보면, 미친 듯 오르는 집값에 떠밀려온 주제에 마음이 넉넉해진다. 그동안 버둥거리며 매달려 있던 서울이란 곳은 어쩌면 허상일지도 모른다는 생각이 요즘 들어 부쩍 선명해졌다. 서울살이가 그랬다. 한때는 기특하게 뿌리를 내렸다고 확신했으나, 척박한 토양마저 비바람에 쓸려가버려, 정신을 차리고 보니 깨깨 마른 뿌리가 흉물스럽게 노출되어 있는 격이었다. 오래전 그때 우리는 각자 빛나는 별로 만나 하나의 별자리를 이룩했었는데.

죽영. 소설 속 이름을 한 글자씩 가만히 발음했다. 현의 이름은 제대로인데 나는 왜 죽영인가. 완은 내 이름을 잘못 알고 있었던 걸까, 아니면 의도적으로 비슷한 이름을 지어낸 걸까, 그것도 아니라면 작가가 변형한 이름일까. 내 이름은 주경이다. '대 죽, 꽃부리 영'이 아니라 '구슬 주, 빛 경'. 현이 주경이라고 부를 때 완은 죽영으로 알아들었던 것일까. 완이 정말 우리말의 연음을 이해했던 것일까. 이제 와서 그건 조금도 중요하지 않은 일이다. 중요한 일. 요즘의 나는 이전에 중요하다고 여겼던 일이 전혀 그렇지 않음을 알게 되었다. 적어도 그렇게 느끼게 되었다. 하루 두 차례의 산책과 두 끼의 식사, 일정한 속도로 진행되는 일정량의 번역, 그리고 잠들기 전 볼 영화를 고르는 일. 굳이 정리하자면 이것들이 나의 중요한 일이다.

집으로 돌아온 나는 책을 다시 펴들었다. 이건 내게 중요한 일이다. 소설의 내용 때문이 아니라 읽고 번역하는 나의 일상이라서.

중년의 한국 여성이 들어올 때마다 긴장이 된다. 두려움이 아니라 기분 좋은 설렘이다. 죽영이 우연히 문을 열고 들어설지도 모른다는. 한국인 관광객 중 이곳 융캉제에 한 번 들르지 않는 이가 있을까. 융캉제의 유명한 가게는 따로 있지만 여기도 평판이 그리 나쁘지는 않다. 오래전의 딤섬 먹기 대회 사진이 가게에 걸려 있는데, 그때 TV에 소개된 일을 말하는 이가 지금도 있다. 민망하다. 그럴 때면 나의 민망함보다 가게의 매출이 중요하다고 자기암시를 한다. 때로는 사진 속 인물이 아닌 척해 보지만 내 얼굴과 몸은 그때나 지금이나 비슷해서 먹히지 않는다. 그럼에도 혹시 죽영이 들어선다면, 나를 알아볼 수 있을지 자신이 없다. 거꾸로 내가 죽영을 알아보지 못하는 일이 생길 수도 있으리라. 언젠가는 사진이 제 역할을 할 기회가 올까.

재미있는 일도 있다. 간판에는 분명히 〈딤섬 부케〉라고 되어 있는데 열이면 아홉은 내 가게를 〈딤섬 뷔페〉로 잘못 알고 들어온다. 심지어 여행 가이드조차 그렇게 오해한다. 알파벳으로 쓴 부케와 뷔페가 얼핏 보면 헷갈릴 수도 있는 데다, 요는 딤섬과 어울리는 단어는 부케가 아니라 뷔페이기 때문이겠다. 손님들은 어리둥절해하다가 부케처럼 꼬치에 꿰인 딤섬 다발을 보고는 웃음을 터뜨리기도 한다.

그때의 우리는 장사에 소질이 없었다. 현은 죽영이 조는 동안 지나치는 커플들에게 사탕 부케를 공짜로 안겨주었다. 부케는 금방 동이 났다. 나는 가까스로 하나를 빼돌려 가방 안에 감추었는데. 그 며칠 후 기숙사 방에서 사탕이 다 뽑혀나간 부케의 잔해를 발견했다. 오밀조밀한 조화와 하얀 리본만 방바닥에 흩어져 있었다. 젠장, 그걸 먹어치우는 놈들이란! 뭐든 눈에 띄면 먹고 보는 녀석들과 그 일로 싸우자니 치사했다. 그보다는 현에게 들키기 전 잔해를 수습하는 일이 급했다. 조화와 리본은 이제 계산대의 서랍 안에 들어 있고, 입구에는 사탕 부케의 사탕 대신 딤섬을 채워 만든 모형이 세워져 있다.

죽영은 영영 안 올 수도 있을 것이다. 아니, 한 번쯤은 올지도 모른다.

딤섬 부케라니! 얼마나 굉장한 유머인가! 완에게 이런 유머 감각이 있었던가. 슬며시 웃음이 났다. 모형은 완답게 아주 커다랄 것 같다. 큼직하고 화려한 빛깔의 조화와 구불구불한 리본. 그리고 계산대에 앉아 있는 거대한 몸집의 완. 완은 지금도 어마어마한 양의 딤섬을 전처럼 해치울 수 있는지. 책에서 눈을 떼고 중년의 완을 상상한다. 곱슬거리는 머리칼과 큼직한 콧방울, 주름이 선명하도록 접힌 뒷목, 광활한 등의 양쪽으로 늘어뜨린 굵은 팔과 손목, 그리고 두꺼운 손. 나의 손을 눈앞에 펼쳐들고 한참 바라본다. 봄물이 오르기 전의 나뭇가지를 닮았다. 그 시절 이후 삼십여 년의 시간이 더께 진 손. 나는 마디진 손을 뻗어 처음으로 완의 손을 잡는다. 부드럽고 따스한 공기가 나를 감싼다. 얼마 만인가, 이토록 안온한 느낌은.

완의 딤섬 부케에 나는 영영 안 갈 수도 있을 것이다. 아니, 한 번쯤은 갈지도 모른다.

나그네집에서의 기억을 적다

언젠가 명동의 한 카페에 갔을 때의 일이다. 차를 마시다 문득 창밖을 내려다보니 명동 한복판에 이런 공간이 있었던가 싶은 정원이 보였다. 중국대사관이었다. 원래는 중화민국의 대사관이었던 곳. 지난 세기 후반, 중국이 급부상함에 따라 세계무대에서의 입지가 점차 좁아지던 대만을 우리는 기억한다. 1971년의 유엔 탈퇴와 이후 수교국들의 연이은 단교. '아시아의 용'으로 불리던 대만이 그러한 국제정세를 뚫고 오르기란 역사의 강을 역류시키는 것과 같았을까.

대만대사관이었던 그곳이 중국대사관으로 바뀐 것은 1992년의 일이다. 우리 정부는 명동의 대사관을 중국에 넘겨주기 위해 일주일 만에 비워줄 것을 대만대사관에 요구했다고 한다. 급작스런 사태의 변화로 서류조차 제대로 수습할 여유가 없었던 대사관측에서는 사흘 동안 대사관 정원에서 그것들을 눈물로 불태웠다고 한다. 그 비극이 존재하지 않았더라면 '완'과 '나'의 역사는 달라졌을 수도 있을까. 역사를 두고 가정하는 것만큼 어리석은 일은 없겠지만 말이다.

대한민국의 첫 수교국이었으나 이제는 대표부로 남은 나라, 대만. '형제의 나라'였던 대만의 역사는 우리와 상당 부분 겹치는 동시에 평행하다. 그런 면에서 아시아의 어떤 나라보다 서로 공감하고 격려하고 또 연민할 여지가 큰 나라인 것 같은데, 그러나 나로서는 얼추 안다고 착각하면서 실상은 거의 몰랐던 나라다.

이 소설을 쓰겠노라 덤비게 된 동력은 어쩌면 그날 찻집에서 내려다본 스산한 정원의 기억에서 왔을지도 모르겠다. 그 기억에서 출발한 이야기는 계속 난항을 거듭했다. 대만과 한국의 민중가요의 매력에 조금 빠져들었다가, 대만과 중국의 대치, 혹은 남북한의 분단 문제에 눈을 돌렸다가, 일제강점기라는 공통점과 그에 대한, 다분히 다른 성격의 국민정서에 관심을 갖기도 했다. 어느 것도 깊이 알지 못했으나, 어느 것 하나 매혹되지 않은 지점이 없었다. 그것으로 이미 충분히 즐거운 여행이 되었다.

관심과 고민은 돌고 돌아 수교가 끊어지기 전인 80년대 후반의 캠퍼스에서 여장을 풀었다. 언젠가 한번쯤 쓰게 되리라 예감하던 시절의 이야기. 그리고 미치지 않고서야 쓸 수 없을 거라 지레 겁먹고 있던 사랑 이야기. 사랑이 안 된 이야기도 사랑 이야기라 할 수 있다면 말이지만. 그리고 어느 밤, 이런 낙서를 했다.

기숙사의 점호 시간은 밤 열 시였다. 아홉 시가 넘어가면 공연히 조급해졌다. 각자의 자명종이 째깍거리면서 아홉 시 팔 분, 구 분, 십 분을 가리키자, 룸메이트인 J와 K는 결의를 다지며 뛰쳐나갔다. 내리막길을 달려 육교를 건너고, 이웃 여대의 후문을 지나 캠퍼스를 관통한 뒤, 이름난 쇼핑가였던 여대 앞을 헤매 다녔다. 젊고 뜨거운 그들에게 점호는 일렀고 밤은 길었으며 흘려보낸 하루는 미지근했다. 그들은 매운 공기에 죄책감을 희석해가며 밤거리를 빠른 속도로 배회했다. 빼곡한 상점들을 가르는 도로 한가운데의 리어카에는 귀고리와 팔찌 따위의 소소한 액세서리가 반짝거렸다. 이미테이션.

모든 것은 이미테이션이었다. 서둘러 뛰쳐나간 그 길에서 만난 것들 중에 진짜가 있었다면 그것은 그들의 서툰 충동과, 대상조차 모호한 어떤 욕망이었을 것이다. 삼십 분이었다. 그들에게 허락된 삼십 분 동안 J와 K는 커다란 귀고리를 한 쌍씩 샀다. 그 찬란한 빛을 감안하면 터무니없이 싼값이었다. 그것은 어쩌면 그다지 훌륭하지 못한 위장이었을지도 모른다. 반짝이는 것들을 귀에, 목에, 팔에, 손가락에, 걸고 두르고 끼면서 그들은 무엇을 위장하려 했나.

돌아오는 길에 돌파해야 했던, 영원할 것 같은 계단과 육교, 그리고 마지막 오르막. 터질 듯 심장이 뛰고 대퇴부의 감각이 사라질 즈음 그들의 등 뒤로 기숙사 철문이 닫혔다. 거울 앞에서 각자의 귀고리를 한 번씩 더 걸어보던 그런 밤, 그들은 이걸로 충분하다는 듯 책상에 나란히 앉기도 했으나, 그 모든 행동은 자신부터 익숙하게 속아주던 무력과 비겁, 부끄러움의 서툰 위장이었을 것이다. 이미테이션에 뒤덮인.

분단과 이별과 폭압과 절망 속에서도 끓어올랐던 열망은 '나'의 조국과 '완'의 조국 어디에나 존재했으며, 열망마저 두려워한 비겁도 존재했음을 우리는 안다. 그때의 청춘들은 이제 '라떼'를 부르짖는 꼰대가 되어, 열망과 비겁 위에 각자의 회한을 덧칠하고 있을지도 모르겠다.

〈春夜宴桃李圓序(춘야연도리원서)〉에서 '夫天地者 萬物之逆旅 光陰者 百代之過客(부천지자 만물지역려 광음자 백대지과객)'이라 노래한 이가 이백이었던가. 작품을 쓰는 동안 매일 천변을 걸었다. 얼음장 밑으로 흐르던 물소리를 들었고, 어느 날 보송해진 버들강아지를 발견했다. 봄물을 길어 올린 가지 끝에서 꽃이 망울을 맺어 터뜨리는 환희를 목격했다. 과연 천지는 여관이고 광음은 나그네라는 노래가 여실히 감각되는 산책이었다. 그러나 나그네는 여관에서의 기억을 간

직할 테지. 혹은 모조리 잊을 수도 있을 테지. 그것을 알면서도 우리는 지금까지 그래왔듯 찰나에 몰두할 테고.

몸과 마음의 길이 꽉 막힌 시절에 '완'과 '나'를 더듬어보는 일은 오래전의 시간과 대만이라는 공간으로 나를 데려갔다. 지겨운 팬데믹의 시절이 흘러가면, 어느 날 융캉졩에서 딤섬을 먹을 날이 올까. 나는 물론 '죽영'이 아니고, '완'은 존재하지 않지만, 여행길 어디선가 수많은 '완'들을 발견할 것만 같다.

어떻게
지냈니

이수경

2016년 동아일보 신춘문예에 당선되며 작
품 활동을 시작했다. 2019년 대산창작기금
을 수혜했다. 소설집 『자연사박물관』이 있
다.

새해가 시작되고 며칠이 지난 날이었다.

"눈이 오니?"

영호가 주방에서 뒤를 돌아보며 물었다. 밤 9시가 다 되어가는 시간이었다. 밤사이 눈이 내린 후 지독한 한파가 덮칠 거라는 일기예보가 티브이에서 흘러나왔다. 아들의 방에서는 아무 소리도 들리지 않았다. 신애는 딸이 잠들어 있는 방에서 나와 삶은 소시지와 캔맥주를 쟁반에 받쳐 들고 영호의 뒤에 서 있었다. 영호는 저녁 설거지를 마치고 식탁 의자에 앉아 휴대폰으로 동영상을 틀었다. 남편 영호가 보고 있는 동영상이 한자 강의라는 것을 신애는 한참을 지나고 나서야 알았다. 오래전에 영호가 한문 선생을 하고 싶다고 말한 적이 있었는데, 그때 신애는 남편이 한자 같은 걸 좋아하는지 알지 못했다. 둘은 앞으로 무슨 일을 해서 돈을 벌어야 할까 이야기하던 중이었으나, 영호는 돈벌이가 아니라 꿈에 대해서 말하는 사람 같았고, 신애는 영호가 진짜 한문 선생이 되었으면 좋겠다고 생각했다. 신애의 생각으로는 한문도, 가르치는 일도 그에게 잘 어울릴 것 같았다.

정말 그렇게 살 수만 있었다면······

그런 생각을 하자 신애는 가슴이 아팠다.

영호와 신애가 결혼한 지 2년째 되던 해, 두 아이가 태어나기 전의 이야기였다.

"눈이 온다고요?"

아들이 방에서 나와 영호의 맞은편에 앉았다. 아들의 몸과 얼굴에서 청년의 태가 났다. 세계를 덮친 감염병 때문에 학교에 나갈 수 없고 대면하여 수업을 받지도 못했지만, 대학생이 된 지 1년이나 지났으니까.

겨울 동안 다듬지 않은 구레나룻이 얼굴 옆면에서 턱까지 자라 예민하고 우울해 보이기는 해도,

'아이가 자라면 어떤 모습일까.'

비너스의 아들을 닮은 듯 아름답고 영리했던 어린 아들을 떠올리

며 신애가 상상하던 그 모습이었다.

"눈이 오는지 보려면 창문을 열어야죠."

아들이 주방의 작은 창으로 고개를 돌리며 말했다.

"곧 러시아…… 모스크바보다도 추워진다는구나."

영호도 아들을 따라 창 쪽을 바라보았다.

신애는 창밖 외길이 휘어지는 곳에 있던 은행나무를 떠올렸다. 잎이 물드는 가을 저녁과 가지 위에 쌓인 눈이 햇살을 받아 반짝이는 겨울 낮에. 밥을 지으며, 설거지를 하다가, 영호가 일하러 가고 아이들이 잠든 밤에, 비가 오는 날…… 거의 모든 날, 싱크대 앞에 서서 바라보던 나무 위로 눈이 흩날리고 있을 것만 같았다.

창문을 열어봐.

신애가 속삭였지만 아들도 영호도 창문에서 고개를 돌렸다.

신애는 안방으로 들어가 소시지와 캔맥주를 책상 위에 올려놓았다. 창가에 책상을 붙여 다 읽은 책을 쌓아두고, 의자를 책상과 등지게 돌려 그 앞에 다른 책상을 배치한 구조는 예전 그대로여서, 어린 딸과 아들이 방문을 열면 눈을 마주치며 웃던 그때처럼, 책상과 책상 사이 의자에 앉으니 시선이 문 쪽을 향했다.

바람이 회오리처럼 휘감겨 몰려다니다가 등 뒤의 창가로 바싹 다가와 유리창을 흔들고 지나갔다. 덜컹거리는 창문 아래 그날 밤 신애

혼자 잠든 이인용 침대가, 침대 옆 책상 귀퉁이에는 오래전에 사놓고 절반도 읽지 못한 크고 두꺼운 책이 반듯하게 놓여 있었다.

'2005년 윤아에게'

2000여 년 전 로마 시인 오비디우스의 신화를 번역한 붉은 양장본 책의 앞면에는 딸의 이름이 쓰여 있고,

'……이때 뿜어져 나온 모유가 하늘의 은하수를 만들고……'

'드뤼오페는 원치 않는데도 비참하게 나무로 변신하는데……'

아기를 안은 채 나무로 변신한 드뤼오페의 이야기와 여신 유노의 젖을 빠는 어린 헤르쿨레스의 그림 아래 밑줄이 그어져 있다.

"이 글자의 본래 의미는……."

"그래서 변한 거군요."

아들과 남편이 주고받는 이야기 소리가 방문을 넘어왔다. 남편은 아들에게 한자 '스스로 자(自)'와 '코 비(鼻)' 자에 대해 말하는 것 같았고, 아들은 "아……." 하고 짧은 반응을 하거나 아버지가 묻는 말에 무슨 말인가를 되묻기도 했다. 영호는 중국어를 공부한 적도 있었는데, 신애네가 처음으로 해외여행을 다녀온 후였다. 영호도 신애도 해외로 나가본 것은 그때가 처음이었다. 딸은 다섯 살, 아들은 두 살이었다. 나흘 동안 중국을 관광하고 돌아와서 영호는 중국어 기초부터 고급과정까지 책과 카세트테이프로 독학을 했다. 결혼 전부터 가지

고 있던 휴대용 카세트 플레이어에 중국어 테이프를 넣어서 들고 다녔고, 퇴근해 집으로 돌아와서는 딸 윤아를 안으며 '우리 윤아, 잘 지냈어?' 하고 중국어로 말했다.

그때 윤아는 무엇에든 호기심이 많고 활달한 아이여서 영호가 틀어놓은 중국어 테이프의 어휘들을 제법 잘 따라했다.

영호와 신애가 아이들을 끔찍이도 사랑했던 시절이었다.

눈이 오니? 눈이 온다고요? 눈이 오는지 보려면 창문을 열어야지. 창문을 열어 봐. 한자 '스스로 자'는 코를 본뜬 모양이야.

윈어, 메이 선머 스바……?

윤아는 잠에서 깨어 눈을 떴다. 익숙한 음성들이 귓가에 남아 있어 꿈결 같았다. 창밖은 캄캄했다. 아침인가 했는데 아직 밤이었다. 열린 방문 틈으로 아빠와 동생이 주고받는 이야기 소리와 고소한 기름 냄새와 불빛이 스며들었다. 윤아는 침대에서 일어나 앉아 방 안을 둘러보았다. 솜이 눌려 납작해진 악어 인형이 윤아 곁에 있었다.

채송화가 이렇게 예쁜 꽃이었나?

세상에서 제일 맛있는 빙수예요!

나뭇잎이 짙은 초록으로 반짝이고 꽃이 무더기로 피어 있는 카페 정원에서 윤아와 신애가 눈 같은 얼음가루와 아이스크림을 가득 채운 멜론 빙수를 통째로 퍼먹고 돌아오던 어느 여름날, 헤이리의 노점에서 산 초록색 악어였다.

찾아봐!

어린 아이였을 때 윤아는 신애가 침대 밑에 숨겨 놓은 악어와 책상 위에 세워둔 일본 만화 소녀 피규어와 거울에 매달아놓은 사탕 같은 것들을 하나씩 찾아내며 졸음을 쫓곤 했다. 어느 날 아침, 엄마는 보이지 않고 벽에 붙어 있던 책꽂이가 앞으로 밀려나와 있었다. 놀란 윤아가 침대에서 일어나 살금살금 다가가자, 책장 뒤에서 신애가 얼굴을 내밀었다.

71센티, 83센티, 윤아 1미터 넘은 날……

색이 바랜 벽지에 그려진 키 재기 막대의 눈금은 '135센티, 윤아 열 살'에 멈춰 있다.

늦잠을 자는 휴일 아침이면 신애도 윤아 곁에 누워서, 예전에 자주 가던 숲에 그때 그 그네가 있는지, 전원주택 마을 초입 쇠창살 개집에 갇혀 낑낑 울던 흰 개는 아직 살아 있는지 보러 가자며 윤아를 깨웠다. 그때 윤아는 움직이는 태엽 강아지도 무서워한 아이여서, 개가 갇혀 있는 이층집 마당을 지날 때마다 신애의 손을 놓고 골목 끝 버드나무를 지나 숲까지 새처럼 빠르게 달아났다.

그날 밤 엄마는 윤아가 잠들 때까지 머리맡에 앉아서 이야기를 하고 또 했다. 젊었던 아빠는 두꺼운 목도리를 감고 회사에 갔고, 어린 동생은 한참 전에 잠든 늦은 밤이었다. 엄마의 등 뒤 창밖에서 바람 소리가 났다.

"우리 윤아는 엄마 머리카락을 만져야 잠드는 애였는데. 잠들 때까지 내가 동화책을 읽어줬어. 열 권도 넘게. 레이먼드 브릭스의 그림책 『눈사람』을 읽어줄 땐 언제나 울던 우리 윤아. 아침이 되자 눈사람이 녹아서 사라져버렸으니까. 이 동네에서 네가 제일 예뻐. 머리카락을 만져볼래?"

그것이 윤아가 기억하는 신애의 마지막 목소리였다.

윈어, 메이 선머 스바?

윤아야, 잘 지냈어?

아빠가 매일 하던 말……

윤아, 자니?

윤아야……

방 안의 모든 건 그대로였고, 꿈결인 듯 섞여들던 목소리도 사라지고 없었다.

"그러니까 '스스로 자'의 본래 의미는 코였다."

"아……."

"태아의 얼굴 형태는 코부터 만들어진다는구나."

"그래서 코를 의미하는 그 글자가 자신을 뜻하는 '스스로 자' 자가 된 건가요?"

"중국인들은 자신을 표현할 때 코를 가리킨단다."

불빛과 함께 흘러드는 아빠와 동생의 이야기에 귀를 기울이며, 윤아는 오래전에 갔던 북경과, 그때의 엄마 신애를 생각한다.

'중국어로 코는……비……즈.'

윤아가 아직도 기억하고 있는 말.

그때만큼 자랑스러웠던 적이 또 있을까, 신애와 윤아에게 영호는. 아들이야 어렸으니 기억하지 못할 테니까. 영호가 아들을 아기 캐리어에 앉혀 등에 업고서 연변사람 가이드가 치켜든 작은 깃발을 따라 대륙을 걷고 또 걸었으니까. 함께 걷다가 지친 윤아가 주저앉아 안아달라고 칭얼대면 영호 대신 신애가 캐리어를 받아 앞으로 돌려 메고 아기의 얼굴을 마주 보았고, 그러면 엄마의 긴 머리카락을 잡아당기며 꺅꺅 웃던 아기였으니까.

그래도 영호는 아들에게 종종 묻는다.

"만리장성을 기억하니? 완리창청."

이 길 아래 얼마나 많은 사람들이 묻혀 있을까.

신애가 성벽 너머 산의 골짜기와 바위 비탈을 휘둘러보며 혼잣말을 하던 끝없이 길고 습하고 무더웠던 땅.

열두 시간 맞교대 육가공 회사에서 보내준 중국관광이었다. 한문을 좋아하던 영호는 소시지 원료육을 분쇄하는 기계 앞에서 주야교대 하루 열두 시간씩 일했다. 중국이 세계의 공장으로 통하던 시절, 영호가 일하던 육가공 회사도 중국에 공장을 세웠고, 매년 우수사원을 뽑아 중국관광을 보냈다. 동반하는 가족까지 모든 경비는 회사에서 제공했으며, 원한다면 현지 공장의 관리자가 될 수도 있었다.

신애가 윤아를 낳을 때에도 아들이 태어날 때도 철야근무를 멈추지 않았던 영호는 마침내 우수사원이 되었다.

"드디어 사회주의를 보겠네."

영호가 중국관광을 하게 된 것을 말해주자, 신애는 그렇게 대꾸했다.

"원한다면 몇 년은 볼 수 있어."

현지 공장의 관리자로 간다면 신애에게도 좋은 경험이 될 거라고 영호는 생각했지만, 신애는 커가는 윤아나 아들이 다른 세상을 볼 수 있는 의미 있는 시간일 거라고 했다.

정말 그래볼까? 사택도 있어. 물가가 싸니까 돈을 모을 수도 있겠다. 5년만 살아볼까? 아니, 3년만.

잠시 그런 꿈같은 이야기를 주고받고서는 그것으로 그만이었다.

영호와 신애에게는 낫지 않을 병을 오랫동안 앓고 있는 어머니와 은퇴한 아버지가 있었고, 무엇보다 그들은 한국을 떠날 수 없었다. 스무 살 무렵 둘이 대학에서 만난 그때부터 한국은, 자신들의 전 생애에 걸쳐 이루어야 할 무엇이라 여겨졌다.

그래도 영호는 종종 딸 윤아에게 진짜 대한항공 비행기를 태워줄 수 있는 아버지였고, 아내 신애에게 특별한 기내식을 맛볼 수 있게 해준 남편이었던 그때를 생각하고, 붉은 카펫이 깔린 중국 4성급 호텔의 구름 같은 침구에서 눈뜨던 아내와 윤아와 아기와, 뭘 먹을지 몰라 윤아는 핫케이크만 여러 조각 들고 왔지만, 깨끗하고 푸짐한 호텔 조식부페에서 아침을 먹게 해준 적이 있었던 자신을 떠올린다

"참 괜찮았는데……."

중국을 관광하던 첫날 아침, 가이드의 깃발을 따라 육가공 공장 우수사원 가족 여덟 팀과 함께 베이징 시내를 걸을 때 신애가 영호의 팔을 붙잡았다.

"저게 사회주의야!"

신애가 홀린 듯 바라보고 있던 도로 위로 골목과 길모퉁이에서 쏟아져 나온 자전거들이, 그 위에 앉아 페달을 굴리는 중국 사람들이 새떼처럼 앞으로 달려오고 있었다.

흰 셔츠에 자주색 리본과 넥타이를 맨 학생들, 모자를 쓰고 가방

을 옆으로 둘러멘 청년, 검은 선글라스를 쓴 남자, 꽃무늬 원피스를 입은 아가씨, 초록색 멜빵바지를 입은 소년, 중국식 옷을 입은 노인…….

그들이 탄 자전거가 후덥지근한 베이징의 여름 아침에 차들이 지나다니는 도로 한가운데를 가르며 영호 일행을 스쳐지나갔다.

"자전거? 특별한 광경이기는 하지만 저걸 보고 사회주의라고 할 것까지야."

영호가 그렇게 말하자,

"아니, 자전거가 달리는 저 길."

신애가 대꾸했다.

한바탕 떼 지어 지나가고 나서도 자전거들은 한두 대씩 몇 대씩 무리지어 자동차들 사이로 거리낌 없이 달려오고 있었고, 신애는 그 길에서 눈을 떼지 않았다.

"길 위의 어떤 것도 사람들의 앞을 가로막지 않아……."

중국 사회주의 정책이기도 했을 것이고, 대륙의 지형과 인구와 도로 사정 때문이기도 했겠지만, 영호에게도 처음 간 해외여행에서 마주친 북경의 아침은 자전거를 타고 달리는 사람들로 눈부셨다.

그때 젊은 신애의 반짝이던 눈빛도.

또 어느 관광지였을까.

절벽 위로 가는 길은 용이 날아오르는 모양이었다. 관광객들이 용의 등의 밟고 머리 위까지 올랐을 때 활짝 벌린 아가리가 산 위의 동굴 입구를 향해 있었다. 윤아는 기억하지 못했고, 그래서 영호도 그런 곳이 정말 있었는지 갈수록 가물가물했지만, 더위보다 습기에 지친 한나절을 서늘하게 식혀주었던 동굴을 빠져나와 절벽 아래로 내려왔을 때의 신애를 영호는 기억한다.

"거지야. 아이야."

영호 일행이 타고 온 관광버스 앞에서 맨발의 중국 소년이 손을 내밀고 구걸을 하고 있었다. 가이드는 모른 척하라고 했고, 일행은 무덥고 끈적이는 공기와 구걸하는 아이를 피해 서둘러 버스로 올랐다.

"신애야, 타자."

영호는 아들을 업고 버스에 탔지만, 신애는 소년의 앞에서 머뭇거렸다. 영호가 아들을 안고 앉아 있는 좌석의 차창 밖으로, 비스듬히 서있는 신애와 신애 옆의 윤아와 거지 소년의 뒷모습이 보였다.

그리고 멀리, 절벽을 휘감은 황금빛 용.

신애가 지갑을 열어 중국지폐 한 장을 꺼내자 윤아는 제가 주고 싶다고 보채듯 신애의 팔에 매달렸고, 지폐를 받아든 윤아가 소년의 앞으로 다가서서 손을 내밀려는 순간, 소년이 손가락으로 제 코를 가리켰다.

"비즈! 비즈……."

"비……즈? 엄마, 코!"

윤아가 소년의 입모양을 따라하며 신애를 바라보았다. 신애의 코에서 피가 흘렀다. 소년은 윤아의 손에서 지폐를 빼앗듯 움켜쥐고는 또 다른 관광버스 쪽으로 내달렸다. 신애가 손바닥으로 코를 막고 그 자리에 쪼그려 앉았다. 윤아가 영호 쪽으로 고개를 돌렸다. 영호가 버스에서 내려 윤아를 안아 들자, 신애는 아주 주저앉아버렸다.

"괜찮니, 신애야?"

"어떻게…… 거지가 있지? 저렇게 어린 아이가……."

피가 흐르는 코에서 손을 내리며 신애가 말했다.

"여기…… 사회주의잖아."

신애의 말대로 사회주의 나라에도 구걸하는 소년들이 있었고, 가짜 옥 반지를 파는 상점도 있었지만, 영호는 대수롭지 않은 일로 여겼다. 사회주의든 무엇이든 멈춰있는 것은 없을 테니까.

다음 날은 전날보다 훨씬 더 습하고 무더웠으며, 만리장성을 오를 때 신애의 얼굴이 몹시 창백했고 밤에는 가위에 눌린 듯 신음을 내며 버둥거리기도 했으나, 처음 온 해외여행이, 더구나 아이들을 안고 끝없이 걸어야 했던 여정이 잠시 신애를 지치게 한 것뿐이라고. 다시 우수사원이 되어 중국에 온다면 그때는 아기가 자라 스스로 걸을 수 있을 것이고 딸은 더 잘 걸을 테고, 거지 소년들은 청년이 되어 자전거를 타고 북경의 길 위를 달리고 있을지도 모른다고, 그러면 그들은 즐거웠던 여행을 두고두고 추억할 수 있을 거라고 영호는 생각했다.

"만리장성에 갔던 것 기억나니? 완리창청."

영호는 종종 중국에 갔던 이야기를 하며 기억이 나느냐고 물었지만, 아들은 아무것도 기억나지 않았다.

영호도 그걸 알겠지만.

그러나 2001년의 북경 거리에 대해서는 영호보다 신애보다 윤아보다 더 잘 알고 있다고 생각했다.

'자전거'를 키워드로 한 정보들 속에서 그 영화를 찾아냈을 때 아들은 열일곱 살이었다. 신애와 영호와 윤아와 함께 대한항공 비행기를 타고 베이징으로 갔다던 그해 2001년에 개봉한 영화. 주인공의 이름은 구웨이, 돈 벌러 북경으로 간 열일곱 살 시골뜨기 소년 구웨이였다.

저게 사회주의야.

엄마 신애가 그렇게 말하며 오래도록 서 있었다는 베이징의 길 위에서 특송 회사 로고가 새겨진 사원복을 입고 가방을 옆으로 둘러메고 모자를 벗어 얼굴의 땀을 닦으며 구웨이도 자전거를 타고 달렸다.

영호가 생각날 때마다 들려주었던 것처럼 화면 속에서도 자전거를 탄 중국인들이 아무렇지도 않게 차도로 뛰어들었다. 역주행을 하거나 차들의 앞을 가로지르기도 했지만 어떤 방해나 위협도 받지 않았다.

사람들은 왜 가난해요?

오래전에 윤아가 신애에게 그런 질문을 했을 때, 신애는 두 아이에게 이야기를 해주었다.

원시공동체와 불과 도구에 대해서. 생산량과 사적 소유에 대해서. 약탈과 침략과 전쟁과 계급. 모순과 혁명. 아직 도래하지 않은 것에 대해서.

초등학생이었던 윤아가 민주주의와 사회주의를 대립되는 개념으로 이해할 때마다 신애는 노트에 그림을 그리면서 처음부터 다시 설명했다. 윤아보다 어리고 초등학교에도 들어가기 전이었던 아들은 신애가 설명하는 그대로, 민주주의와 자본주의를 혼동하지 않고 말할 수 있었다. 그러면 신애는 감탄한 듯 그 꼬마의 크고 동그란 두 눈을 쓰다듬었는데,

그건 아는 게 아니라 기억해서 외운 거였지.

엄마는 북경의 길에서 사회주의를 보았다고 했지만, 영화를 본 열일곱 살 아들은 어린 시절 신애가 말해준 대로 외웠던, 외웠으나 이

해하지 못했던 '소유'에 대해 생각했다.

자전거를 소유하기 위해 자전거를 타고 달리던 북경 소년 구웨이와 자전거를 소유하기 위해 구웨이의 자전거를 훔친 또 다른 열일곱 살 소년.

아들은 영화를 보고 또 보며, 북경의 거리와 그 길 위의 영호와 신애와 윤아와, 영호의 등에 업힌 아기를 상상했다.

그리고 그때, 일곱 살이었던 아들과 열 살이었던 누나 윤아가 신애와 함께 갔던 마지막 소풍날.

아빠 영호와 엄마 신애의 손을 잡고 따라나선 어느 봄날 일요일 아침의 외출을 두 아이는 소풍이라고 생각했다.

시외버스에서 내려 넷이서 들길을 따라 걸어갈 때, 아들은 검은 가시철조망으로 둘러싸인 들판에서 노란 꽃들을 보았고, 진짜 헬리콥터가 날아오르는 것을 보았다.

어디선가 꽹과리와 장구 소리가 들려올 때쯤 마을로 들어가는 사람들의 대열은 넓고 길어졌다.

봄볕이 스며든 낮은 담장과, 누군가 담벼락에 그려놓은 그림과, 어쩐지 슬픈 느낌의 시와, 올해도 농사짓자, 현수막과 깃발들.

마을을 수호하는 장승과 솟대.

큰 느티나무 뒤 폐교된 초등학교는 삼촌들과 이모들과, 윤아와 아들처럼 소풍 온 듯 따라온 아이들로 가득했다. 아이들은 군데군데 물웅덩이가 파인 운동장을 뛰어다니며 놀았고, 부침개를 부치는 냄새가 학교 안에 퍼졌다. 컵라면에 뜨거운 물을 받아든 사람들이 학교 뒤쪽 산비탈, 꽃이 핀 진달래나무 옆에 모여 앉았다.

정오가 지날 무렵에 사람들이 움직이기 시작했다. 먹던 컵라면을 내려놓고 부침개를 부치던 불을 끄고. 천막 안에서, 교실에서, 느티나무 아래서, 산비탈에서, 우르르 학교를 빠져나가 마을로 흩어졌다. 누군가는 남아 학교를 지키겠다며 젖은 운동장에 주저앉았다. 영호는 삼촌들의 무리에 섞여 어디론가 사라졌고, 윤아와 아들은 신애의 양손에 잡혀 마을의 골목길을 걸었다. 담장 안으로 장독대가 보이는 파란 철제 대문 집과, 벽화가 그려진 담벼락 아래 보랏빛 작은 꽃들이 피어 있는 집과, 개가 묶여 있는 허름한 집들은 아무도 살지 않는 듯 고요하기만 했다.

손수건으로 얼굴을 묶었지만 누군지 알아볼 수 있었던 삼촌이 어서 마을 밖으로 나가요! 소리치며 골목 안을 뛰어다녔다. 영호는, 아빠는, 삼촌들은 어디로 간 걸까. 신애와 윤아와 아들은, 그리고 엄마의 손에 단단하게 붙잡힌 또 다른 아이들은 황급히 들의 논둑으로 올랐다. 올해도 농사짓자, 깃발이 꽂힌 드넓은 논은 드문드문 땅을 갈아엎고 물을 댄 곳도 있었지만 대개는 잡초로 뒤덮였고, 학교와 마을에서 쫓겨나온 여자들과 아이들만 논둑을 따라 빙글빙글 돌았다.

골목에서 보았던 삼촌이 들 가운데로 뛰어들었다.

"모두들 나가요! 산으로 올라가요!"

두 팔을 들어 흔들며 힘껏 고함을 치는 삼촌의 눈두덩에서, 이마에서, 피가 흘렀다.

머리카락이 피와 흙으로 엉겨 붙어 있었다.

"엄마, 피…….."

윤아가 신애의 허리를 움켜잡았다. 아들은 봄의 보드라운 땅과 풀들을 재미삼아 휘젓고 다니던 작대기를 놓치고 주위를 두리번거렸다. 아빠는…… 멀리서 검은 철모를 쓴 군인들이 몰려오고 있었다. 어떤 길로도 갈 수 없었다. 사람들은 들에서도 쫓겨나 산으로 올랐다. 신애는 산비탈에 쪼그려 앉아 윤아와 아들의 눈을 손바닥으로 가렸다.

엄마의 손에 가려진 것은 무엇이었을까.

대학생이 된 아들은 그때 그곳에 무엇이 있었는지 알고 있다. 황새가 날아든 들판에 핀 노란 꽃들과 논둑과 봄볕과 학교와 느티나무는 이미 마을 사람들의 소유가 아니었다. 그들이 달릴 수 있는 길 같은 건 어디에도 없었다. 삼촌들과 마을 사람들이 전부 피 흘리며 지켜도 지킬 수 없었다. 마을을 빼앗은 그들을 한 번도 이겨본 적도 없었다.

엄마는 무얼 꿈꾸었던 걸까.

여기, 그런 게 있기는 한 건가.

그것은 우리의 꿈이기도 할까.

'눈이 오나?'

아들은 창문을 열어볼까 하다가 책상 앞에 앉아 노트북의 전원을 켰다.

자전거를 소유하기 위해 달리던 북경 소년 구웨이와 자전거를 갖고 싶었던 또 다른 소년은…… 엄마가 말했던 아직 도래하지 않은 것은…….

창가에 어둠이 깊어지고, 영호와 아들의 이야기 소리도 더는 들리지 않는다. 날이 밝으면 모스크바보다 더한 추위가 올 거라고 했던가. 신애는 오비디우스의 서사시 '케팔루스와 프로크리스' 편, 중국제 연필이 꽂혀 있는 면을 펼친다.

'내게는 행복했던 시절을 회상하는 것이 얼마나 즐거운 일인지 모르겠소. 그때, 그러니까 신혼 몇 해 동안 나는 아내와 행복했고, 아내

도 남편과 행복했소.'*

사냥꾼 케팔루스가 덤불 속에 숨어 있던 아내 프로크리스를 산짐승으로 알고, 어떤 과녁도 비껴가지 않는 그의 날카로운 창을 던져 심장에 명중시킨 장면에서 그날 밤 신애는 책을 덮었다.

영호는 열두 시간 철야근무 중이었다.

저녁을 먹고 영호가 출근 준비를 하고 있을 때, 신애는 책상과 책상 사이 의자에 비스듬히 앉아 영호의 등을 바라보고 있었다.

영호는 작업복 위에 두툼한 패딩점퍼를 입었다.

"바람이 많이 부네. 목도리를 꺼내줄까?"

신애가 창 쪽으로 고개를 돌리며 말했다.

"눈이 오나?"

영호도 창문을 돌아보며 중얼거렸다.

"이제 중국엔 안 가도 될 것 같아, 영호야."

신애의 말뜻을 알아챈 영호가 소리 없이 웃었다.

"눈이 오는지 보려면 창문을 열어야지."

그렇게 말하고 영호는 공장으로 갔다.

---

* 오비디우스, 『변신 이야기』, 도서출판 숲, 2017.

신애는 영호가 육가공 회사의 원료육 분쇄기계가 되어가고 있다고 생각했다.

그날 이후 넘어가지 못한 책장 위에 손을 올리려 할 때 살며시 방문이 열렸다.

딸 윤아가 문틈으로 빼꼼 얼굴을 밀어 넣는다.

신애가 고개를 들어 윤아의 눈을 바라보며 웃자, 윤아는 두 발을 안으로 들여놓고 창가의 침대로 올라간다. 윤아의 가느다란 두 다리가 엇갈리게 꼬여 신애 쪽을 향한다.

마실래?

신애가 맥주 캔을 만지작거리며 물었다. 녹아 사라진 눈사람을 보며 울던 소녀 윤아도 어른이 되었으니까.

윤아는 신애가 앉아 있는 책상 맞은편으로 다가와 오비디우스의 책을 집어 든다.

"엄마가 이런 걸 진짜 읽었나?"

책의 첫 면에 쓰인 신애의 글자와 연필.

너도 읽어 볼래?

"나는 이런 거 안 좋아하는데……."

윤아는 책을 들고 침대 위로 돌아간다.

신화야.

"신화 같은 건……."

참, 오늘 밤 눈이 온대. 그런데 신화를 왜 싫어해?

윤아는 연필이 꽂혀 있는 다음 페이지를 펼친다.

"이것이 나와 내 사랑하는 아내를 함께 파멸시켰소. 차라리 내가 이런 선물을 받지 말았더라면!"

윤아가 중얼거리듯 책을 읽는다.

다음은 남편 케팔루스의 말이었구나.

"변태 같아, 신화는."

사전적 의미로는 변신이나 변태나 다를 바가 없지만, 윤아의 말뜻을 알 것 같아서 신애는 고개를 끄덕인다. 막 스물세 살이 된 딸에게 부조리하게만 보일 신화 속 이야기는 아직 이해할 수 없는 세계일지도 모른다. 초등학생이었던 윤아가 정치적 의미인 민주주의와 경제 체제로서의 자본주의를 끝내 하나의 세상으로 바라보았듯.

"책은 예쁘네……."

윤아의 눈길을 끈 것은 진한 장밋빛 립스틱 색깔에 가까운 고급스러운 양장표지와 그 위에 인쇄된 〈METAMORPHOSES by OVDIUS〉라는 금박 알파벳 글자인 것 같다.

"눈이 온다는데……."

말을 잃어버려 무료해지면 윤아가 방을 나가버릴 것 같아서 신애는 무엇이라도 생각해내려 노력한다. 그러자 눈이 오는 걸 알면서도 눈이 오냐고 묻는 남편의 어법에 대해서도 알 것만 같다. 질문은 다음 말로 이어지니까.

"밖으로 나가볼까?"

바람이 더 거세어지고 있는 듯 창문이 자주 흔들렸지만, 윤아가 그러겠다고 하면, 산책까지는 아니어도 집 앞 골목에 서서 함께 눈 오는 밤을 보아도 괜찮겠다고 신애는 생각한다.

"눈이 온다고 했나? 난 눈 안 좋아해."

윤아가 창문을 돌아보며 중얼거린다. 좋아하지 않는다고.

잠깐만 보고 오자, 낭만적으로다가.

신애가 농담을 섞어 말했다.

"어차피 다 사라질 건데……"

레이먼드 브릭스의 눈사람을 말하는 거구나.

"할머니도 외할아버지도 모두."

할아버지와 할머니도 세상을 떠났구나…….

"하지만 장면으로 기억하는 건 안 좋은 거야."

무슨 말이야?

"삶은 연속적인 거래. 삶을 정지된 장면으로 기억하면 거기에 붙잡힌대. 공황장애 같은 정신적인 문제는 그렇게 특정한 장면에 머물러 있기 때문이래, 그 할아버지 주치의가. 할아버지 의사도 이젠 정년퇴직을 한대. 내가 초상화를 그려서 선물했지. '고맙다. 하지만 이 장면에 붙잡히지는 않으마.' 할아버지 의사가 그랬어. 다음 주치의는 예쁘고 젊은 여의사래."

그해 황새울 사람들은 마을과 길을 빼앗겼고, 영호는 여전히 주야 2교대 열두 시간 철야근무를 했다. 영호가 없는 동안 신애는 두 아이 곁에서 이야기를 하고 또 했다.

그날 밤 아이들이 모두 잠든 뒤, 방문이 마주 보이는 위치의 책상 의자에 앉아 이천여 년 전의 긴긴 서사시를 읽던 신애는 침대에 누워 다시는 일어나지 못했다. 신애의 심장에 창끝이 꽂힌 듯한 통증이 일었을 때에도, 영혼이 몸을 떠난 새벽에도, 윤아가 엄마도 없고 변한 것도 없는 방에서 깨어난 아침까지 영호도 공장에서 돌아오지 못했다.

그래도 삶은 연속적인 거니까. 언제까지나 멈춰 있는 건 없으니까. 할머니와 외할아버지와 신애가, 그리고 언젠가 영호가, 삼촌들과 이모들이 모두 떠난 뒤에도, 들을 빼앗기고 신화가 무너져도, 우리가 바라던 세상이 너희들의 것이 아니더라도, 이곳에 남아 있을 아이들.

눈이 온대. 창문을 열어보자.

"……창문을 열어볼까?"

윤아가 신애의 책을 내려놓고 침대에서 일어나 창가로 간다.

신애도 의자에서 일어나 윤아의 뒤에 가만히 섰다.

윤아가 천천히, 그리고 활짝 유리창을 열었다.

계절이 바뀌고 시간이 흐르던 창. 영호와 신애가 결혼해서 살던 집. 윤아와 아들이 생겨난 집. 맨 처음 코가, 얼굴이, 심장이……

정말 눈이 내리고 있었다. 캄캄한 허공에 눈보라가 쳤고, 가로등의 주황색 불빛 속에서 눈이, 밤하늘의 은하수처럼 쏟아져 내렸다.

문밖에서 창문 열리는 소리가 들렸다.

"눈이 탐스럽게도 오네."

영호의 목소리였다.

"향에 불을 붙일까요?"

아들의 발소리가 들렸다.

윤아가 눈보라를 바라보며 속삭인다.

"마마, 쭈이찐 하오 마? 엄마, 어떻게 지냈어?"

영호와 신애가 아이들을 끔찍이도 사랑했던 시절의 행복했던 윤아 목소리였다.

신애도 그때의 목소리로 말했다.

원어, 메이 선머 스바? 윤아야, 잘 지냈니?

모두, 잘 지냈니?

소년의 대나무

소설을 쓰다 보면 의도하지 않은 방향으로 이야기가 흐를 때가 있다. 아시아를 테마로 한 앤솔로지 원고를 쓰던 중, 오래전에 필름 카메라로 찍었던 사진 한 장이 떠올랐다. 소설 속 스무 살 청년이 어린 시절에 엄마와 함께 간 마지막 '소풍'을 회상하는 장면에서였다. 언제 어디에서 찍은 사진이었는지는 알고 있었지만 배경은 희미하고 어린 소년의 모습만 또렷하게 기억났다. 나는 책장 위, 손이 잘 닿지 않는 곳에 있는 낡은 사진첩을 꺼냈다. 세상에 온 순간부터, 기고, 걷고, 뛰놀던 사진 속 소년의 모습은 예닐곱 살쯤에 멈춰 있었다. 그 무렵부터 디지털 카메라나 휴대폰에 담아 어느 공간에 파일로 저장했겠지만, 현상되지 못한 것은 기억 속에 묻힌 것과 다를 바가 없게 느껴졌다.

쓰던 소설을 놓고 한참이나 사진첩을 뒤져도 내가 찾는 사진은 없었다. 그러자, 그것이 정말 실재하는 사진이었는지, 손에 쥘 수 없는 파일로 다른 어딘가에 저장해둔 것인지, 혹 정지된 장면으로 기억하고 있었던 것은 아닌지 확신할 수 없게 되었다.

나는 소설 속의 청년과 함께 그날을 되짚어갔다.

소년은 풀에 베이지 말라고 아침에 엄마가 꺼내준 긴 카고 바지와 가슴에 건담로봇이 그려진 노란색 반팔 티셔츠를 입고, 한 손에 제 키보다 긴 대나무를 쥐고 있다. 삼촌들이 들고 있던 대나무봉은 소년이 풀숲에서 주운 굵은 나뭇가지보다 훨씬 단단하고 늠름해보였다. 소년이 선망의 눈으로 바라보자 손수건을 묶어 얼굴을 가린 낯선 삼촌이 자신이 들고 있던 것을 소년에게 주었다. 소년은 나뭇가지를 버리고 대나무를 들었다. 학교가 무너지고, 마을을 둘러싼 철조망 안에서 삼촌들이 피를 흘리며 군인들에게 끌려가기 몇 시간 전이었다. 소년이 서 있는 길의 양쪽은 그 해에도 농사를 짓기 위해 땅을 갈아엎은 드넓은 들판이었을 것이다. 대를 이어 써레질을 하고 모내기를 하던 봄의 들판. 소년의 뒤에는 엄마가, 엄마의 뒤에는 긴 청바지 대신 진분홍색 꽃이 프린트된 원피스를 입고 온 누나가, 낯익은 이모들과 소풍 온 듯 따라온 아이들이 봄볕에 마른 논둑을 따라 마을의 초등학교 쪽으로 걸어가고 있을 것이다.

삼촌들의 머리에서 피가 나요.

2006년 5월, 평택 대추리 대추분교에서 쫓겨나며 여섯 살 소년은 보물처럼 끌고 다니던 대나무봉을 들판에 버렸다. 마을을 지켜주지도, 삼촌들을 지켜주지도 못했던, 소년의 작은 몸으로는 끝까지 지켜낼 수 없었던 그 대나무를 아이는 기억하고 있을까.

그때의 소년도 스무 살 청년이 되었다. 잊고 있었으나 어딘가에 있을 거라고 믿었던 사진은 끝내 나타나지 않았지만, 그 장면은 소설 속 청년과 엄마의 마지막 소풍으로 서툴게 '현상'되었고, 16년 전 이 무렵의 봄과, 빼앗긴 들과, 들의 사람들을 생각하게 했다. 들이 있던 자리, 평택 대추리는 세계 최대 미군 주둔지가 되었고, 사람들은 어디론가 밀려났다. 대추리의 운명과 함께 했던 신부님이 마을을 떠나기 전날 그곳에 있었다는 누군가는, 이미 남의 땅이 된 논둑의 흙바람 속에서 할머니들이 쑥을 캐는 모습을 보았다고 했다. 무너져 내린 집, 문짝을 태우며 밤새 노래를 부르던 사람들도.

엄마와 아빠와 이모들과 삼촌들이 살아온 시절은 그것대로, 그때의 아이들이 자라난 이 시절과 그들이 삼촌이 되고 이모가 될 어떤 날들, 그 무엇도 훼손되지 않도록 우리는 잘 이별해야 한다고 생각했다.

하지만 그것은 어떻게 해야 하는 걸까.

소설을 쓰는 내내, 16년 전 소년이 쥐고 있다가 들판에 버린 대나무가 어딘가에서 잎을 피우며 자라고 있을 것만 같았다.

다시 오월에.

여행시절

ⓒ 김강, 도재경, 문서정, 박지음, 이경란, 이수경

2021년 8월 30일 초판 1쇄 발행

지은이 김강, 도재경, 문서정, 박지음, 이경란, 이수경
펴낸이 김재범
인쇄·제책 굿에그커뮤니케이션
종이 한솔PNS
펴낸곳 (주)아시아
출판등록 2006년 1월 27일 제406-2006-000004호
주소 경기도 파주시 회동길 445
전화 031.955.7958
팩스 031.955.7956
이메일 bookasia@hanmail.net

ISBN 979-11-5662-557-5 03810